Cruzando caminhos

Fanny Abramovich

Ilustrador: Alcy Linares

editora ática

O texto ficcional desta obra é o mesmo das edições anteriores

DIRETOR EDITORIAL · Fernando Paixão
EDITORA · Gabriela Dias
EDITORES ASSISTENTES · Carmen Lucia Campos e Fabricio Waltrick
APOIO DE REDAÇÃO · Pólen Editorial e Kelly Mayumi Ishida
COORDENADORA DE REVISÃO · Ivany Picasso Batista
REVISÃO · Cláudia Padovani

ARTE
ILUSTRAÇÃO DA CAPA · Maurício Veneza
PROJETO GRÁFICO · Tecnopop
EDITORA · Cintia Maria da Silva
DIAGRAMADORA · Ana Paula Fujita
EDITORAÇÃO ELETRÔNICA · Fukuko Saito e Exata

CIP-BRASIL - CATALOGAÇÃO-NA-FONTE
SINDICATO NACIONAL DOS EDITORES DE LIVROS, RJ

A14c
7.ed.

Abramovich, Fanny
Cruzando caminhos / Fanny Abramovich ; ilustrações Alcy Linares. - 7.ed. - São Paulo : Ática, 2007
88p. ; il. - (Sinal aberto)

Apêndices
Inclui bibliografia
Contém suplemento de leitura
ISBN 978 85 08 10692-9

1. Amor - Literatura infanto-juvenil. I. Linares, Alcy, 1943-. I. Título. II. Série.

06-3323. CDD 028.5
CDU 087.5

ISBN 978 85 08 10692-9 (aluno)
ISBN 978 85 08 10693-6 (professor)

2008
7ª edição, 1ª impressão
Impressão e acabamento: Prol Gráfica

Av. Otaviano Alves de Lima, 4400 · CEP 02909-900 · São Paulo, SP
Divulgação: (11) 3990-1775 · Vendas: (11) 3990-1777 · Fax: (11) 3990-1776
www.atica.com.br · www.aticaeducacional.com.br · atendimento@atica.com.br

FANNY ABRAMOVICH

Cruzando caminhos

sinal aberto

SUPLEMENTO DE LEITURA

Nome ______________________________

Estabelecimento ______________________________

_______ º ano

editora ática

Com muita sensibilidade e delicadeza, Fanny Abramovich retrata a vida de quatro jovens num momento em que seus destinos se cruzam, num fim de semana prolongado que passam na praia. Nos exercícios que seguem, vamos refletir a respeito dessa história e analisar o interessante recurso que a autora usou para contá-la.

3. Como você caracterizaria o modo de vida de Nelson e David? A situação econômica dos dois jovens se diferencia? Isso faz com que eles sejam de alguma forma diferentes? Por quê?

B. Sonhos e expectativas

4. David, Nelson, Cléa e Leila chegam à praia com a intenção de se divertir. Há uma sucessão de momentos alegres e descontraídos até que um fato quebra esse clima de festa: a morte de um jovem.

a. Por meio dos diversos "olhares" lançados ao jovem suicida, é possível reconstruir a trajetória desse adolescente sem nome, desde o momento em que foi visto até sua morte. Preencha as lacunas abaixo.

quinta-feira à noite
Foi visto por todos ao lado de um bar, completamente ________. Mal parava em pé e xingava todo mundo. Quase foi ________ por ________.

sexta-feira
Foi visto por Leila, ________ e David em um ________ na praia. Estava novamente ________ e provocou uma ________ com um grandalhão. Este ficou ferido e foi levado para o ________. O garoto foi ________.

sábado
É visto por Cléa e ________, atirando-se no mar, de cima de umas pedras. É resgatado sem vida por ________.

b. O que mais se sabe a respeito da personalidade desse jovem, além do fato de que bebia?

c. Descreva a reação de Cléa, Leila, Nelson e David diante da morte do garoto.

Cléa: ....

Leila: ....

Nelson: ....

David: ....

5. Pensando nos acontecimentos descritos em *Cruzando caminhos*, marque com um D os desejos que motivaram os jovens personagens e com um R a realidade concretizada no fim de semana.

( ) Vivenciar relacionamentos superficiais e passageiros.

( ) Encontrar uma companhia interessante.

( ) Conhecer a realidade da morte.

( ) Viver um romance marcante.

( ) Divertir-se e ter um fim de semana especial.

( ) Experimentar decepções.

6. Ao conhecer o desfecho da história, você acha que Cléa, Leila, Nelson e David conseguiram o que desejavam? Justifique sua resposta.

....

....

....

7. Quando você sai com os amigos ou viaja, quais são suas expectativas? Elas ocorrem do jeito que você imagina? Você consegue se divertir mesmo com tudo acontecendo diferentemente do esperado? Por quê?

....

....

....

....

ATIVIDADE ESPECIAL

Violência no cotidiano

Ao longo da história, há vários exemplos de **violência gratuita**: o jovem bêbado que provocava brigas; o conflito deste com o rapaz musculoso na praia; o bando de jovens que tentavam intimidar outros adolescentes e acabaram agredindo David fisicamente.

Converse com seus amigos sobre a violência mais comum no bairro em que vocês vivem e como ela chega até a escola. Discutam os motivos que geram essa violência e criem uma campanha de conscientização no colégio. Se possível, ampliem essa reflexão para outras turmas, fazendo toda a escola perceber como a violência se manifesta no cotidiano e qual a participação de cada um nesse cenário.

Agora o escritor é você

Agora chegou sua vez de contar uma história usando a mesma técnica narrativa da autora de *Cruzando caminhos*.

Imagine **dois personagens** que tenham testemunhado ou vivido um mesmo fato, mas de modos diferentes. Depois, escreva em seu caderno o relato de cada um deles sobre esse acontecimento.

A. Cruzando vidas

1. *Cruzando caminhos* gira em torno de quatro personagens principais: David, Nelson, Leila e Cléa. A seguir, relacione cada um dos jovens a suas características.

   1. David 3. Leila
   2. Nelson 4. Cléa

   ( ) Odeia ser pobre. Sonha com um príncipe encantado, que a tire da pobreza. Adora chamar a atenção de todos.

   ( ) Jovem de classe média baixa. Tímido e inseguro acerca da própria aparência.

   ( ) Jovem simples, classe média. Aventureira, quer viver novas experiências. Romântica e sensível.

   ( ) Jovem de classe média alta; vive sob o domínio do irmão mais velho. Um pouco esnobe e exibicionista, porém corajoso.

2. A história é contada sob vários pontos de vista. Para entender como isso acontece, identifique a quem pertencem os "olhares" que descrevem o fato citado abaixo:

   Fato: A provocação de um bando de garotos.

   Olhar 1: "Se aproximou uma turminha disposta a um quebra-pau porque seu pedaço tinha sido invadido por gentinha. [...] Não quis papo, nem confronto. Se afastou."
   É o ponto de vista de ....

   Olhar 2: "Encontraram um bando mal-encarado, louco pra puxar briga sem tamanho. Não deram a menor bola."
   É o ponto de vista de ....

   Olhar 3: "Num canto, encontrou um bando de rapazes tatuados, topetudos, estranhos. Fizeram uma barreira dizendo que por ali ninguém passava. Território ocupado."
   É o ponto de vista de ....

Depende da perspectiva

Dois garotos e duas garotas, provavelmente parecidos com você ou com pessoas que você conhece, resolvem aproveitar um **feriado prolongado** na praia. Lá, vão acontecer coisas diferentes com cada um deles: de atividades corriqueiras a situações **emocionantes** e até **trágicas**. Na verdade, um mesmo acontecimento pode ter significados muito diferentes, dependendo de quem for o **observador** ou o **personagem** da ação.

É sobre isso, e muito mais, que este livro reflete. Quatro dias na vida de quatro adolescentes que foram curtir o verão. Amizades, **amores**, inseguranças, sonhos, idéias, projetos. Classes sociais diferentes, personalidades opostas: o livro *Cruzando caminhos* monta um painel sobre o **dia-a-dia dos jovens** de hoje. Um quadro que é ao mesmo tempo um espelho e um **quebra-cabeça** das diferentes perspectivas apresentadas. Uma história com sabor de descoberta e de **transformação**, que faz com que o leitor compartilhe as emoções vividas.

Não perca!

- *Acompanhe a mesma história, ou quase, por quatro pontos de vista distintos.*
- *Praia, sol, mar, diversão: tudo o que se pode querer em um fim de semana prolongado!*

Não deixe de ler ainda, no final do livro, uma entrevista exclusiva com a autora, Fanny Abramovich, que conta como foi o processo para construir esta história e muito mais.

Para Ilo Krugli,
que ama o que faz
e faz bem
tudo o que quer.

Sumário

Siga com seus olhos os olhos de cada personagem. Questão de ponto de vista.
Siga com seus olhos os olhos de cada personagem. Muda o que aconteceu conforme o lugar onde cada um estava ou a vontade do momento. Questão de aproximação.
Siga com seus olhos os olhos de cada personagem. Cada um vive a mesma história de outro jeito. Questão de cada um ser diferente do outro e enxergar conforme o seu envolvimento.
Siga com seus olhos os olhos de cada personagem. Cada um altera os fatos conforme o que viu e como viu. Questão de localização na mesma hora.
Siga com seus olhos os olhos de cada personagem. Cada um mostra como sentiu, como se viu. Questão de olho.

QUINTA-FEIRA À NOITE

LEILA

Leila tirou a passagem da bolsa. Conferiu aflita. Em cima da hora. Correu e conseguiu tomar o ônibus. Aliviada. Entrou, procurou seu lugar, rapidamente colocou a mochila no maleiro. Escorregou, não encaixou. Um rapaz olhou, sorriu, ajudou. Leila agradeceu com um sorriso estonteante e sentou. Grudou na janela, entreabriu o vidro. Sentiu o vento bater acariciando seus negros cabelos. Por quilômetros olhou a paisagem. Lentamente foi sendo invadida pelo ventoso verde. Esticou na poltrona, relaxou. Se deixou levar. Vez ou outra cruzava o olhar com o do simpático rapaz, sorria, voltava para a janela. Não estava a fim de papo nem de se amarrar em nenhum programa antes mesmo de começar a viagem. Melhor esperar o que aconteceria na praia. Fechou os olhos, sonecou. Acordou quando o ônibus parou no ponto final. Hora da chegada. Pegou a mochila e desceu.

Caminhou apressada até a casa da tia. Entrou, beijou todos. Se achegou na mesa e filou o final do jantar. Escutou histórias, fez que se interessou. Deu recados, sorriu. Ouviu a gritaria dos adultos e a choradeira das crianças, se irritou. Tudo como sempre. Levantou depressinha, se trancou no quarto, expulsou as priminhas e iniciou os preparativos. Colocou uma camiseta super na moda, amarrou um lenço colorido nos quadris, prendeu os longos cabelos negros numa trança charmosa, se maquilou de levinho. Conferiu, gostou. Arrumou a pochete e saiu.

Já na rua, apressou os passos. Passou na sorveteria badalada e não viu ninguém conhecido. Só um garoto bêbado que aprontava a maior baixaria. Se assustou, nem entrou. Atravessou e rodeou a pracinha e não viu nenhuma cara familiar. Começou a ficar com medo de passar o feriadão sozinha. Pensou em dar uma passadinha na praia, encontrar o pessoal do surfe em volta duma fogueira. Não se animou. Ainda não fazia parte daquela tribo e não queria ficar deslocada na sua primeira noite na praia. Procurou com o olhar algum olhar conhecido. Não achou. Nem mesmo o rapaz do ônibus. Desanimou.

Se afastou, assuntou uns barzinhos e no terceiro encontrou os amigos. Festival de beijos e abraços, de perguntas desatentas e respostas rápidas. Disputas pra sentar ao lado de muitos. Encontrou um lugar e entrou no clima de agito. Música ao vivo, todos acompanhando o ritmo com palmas e cantarolando os estribilhos ou partes mais conhecidas das canções. Mesas cheias de cervejas e guaranás. Aqui e ali rodavam Camparis e rum. Conversas, gritinhos, novidades e saudades em dia. Piadas e planos, histórias e batucadas. Paqueras sem graça e gatos já acompanhados, animação e desapontamento. Muito show e muito charme. Muita, muita dança, com todos os carinhas do pedaço. Nenhum especial, nenhum de tirar o fôlego. Leila ficou por lá até se fazer bem tarde. Voltou para casa ainda rodopiando a longa trança em passos improvisados pela iluminada rua.

DAVID

David chegou na hora combinada na casa dos tios. Pontualíssimo. Esperou a tia acabar de aprontar tudo que jurava ser indispensável pra ficar três dias fora. O tio esbravejava. Sentou na poltrona e leu um jornal inteirinho. Ainda continuavam os preparativos. Finalmente arrumaram no fusquinha as malas, sacolas térmicas, sacolões, cobertores, TV. Parecia não ter fim... A família se apertou, conseguiram se acomodar.

David foi atrás com o primo Benjamim, que só falava das altas consultas que tinha feito ao horóscopo, à numerologia, ao I Ching sobre aquele longo final de semana. Pra David, seria favorável a novos amores e aconteceriam lutas imprevisíveis. Nada

Brub's

a temer com a saúde, necessidade de exercícios constantes. Nenhuma preocupação financeira, dinheiro sobrando. Recomendação de cautela, possíveis perigos. Estava avisando como primo e como amigo. Benjamim encarnado de guru falava sem parar, e a tia entupia a família com sanduíches, bolinhos, ovos duros, mate gelado, tudo que tinha preparado praquela longuíssima viagem de duas horas. Nem que fosse a travessia do deserto... Finalmente chegaram. Aleluia! Entraram no minúsculo apartamento, e a tia foi avisando que antes de mais nada roupas guardadas, camas feitas, toalhas dependuradas, tudo no lugar certo e sabido. Conseguiram cumprir as tarefas. Amém!

David trocou a suada camiseta por outra combinando com seus olhos cinzentos. Em cima, jogou a nova e acolchoada jaqueta. Disfarçava sua magreza irritante. Saiu com Benjamim. Foram à pracinha animada, cheia de gente como sempre. Seguiram a movimentação, pararam aqui e ali, trocaram palavras com vagos conhecidos, sentiram o clima. Sentaram num banco e se divertiram com as idas e vindas, paradas e nem-te-ligos. Rodearam as ruas, entraram num bar fuleiro e tomaram uma Coca geladíssima. Caiu bem. Ao lado, um garoto duns quinze anos, num porre federal, xingava o mundo e as pessoas. Uma praga.

Benjamim paquerava todas as garotas que via, David procurava Leila com os olhos. Finalmente deram com Leila num barzinho animado. Música gostosa, gritaria enlouquecida. David fechou os ouvidos e abriu os olhos. Timidamente chegou na mesa onde ela estava. Ela não festejou. Só cumprimentou. Gentil, simpática, nada além disso. David engoliu a decepção. Esperava ser abraçado, paparicado. Leila dançou a noite toda com todos os rapazes que estavam por lá. David seguia seu corpo sensual se movimentando pelo espaço, sua trança jogada para frente e para trás, os quadris abraçados pelo colorido lenço, sua leveza rodopiante, a graça dos passos que inventava. Só se imaginava com ela em seus braços, enrodilhado em sua negra trança, beijando sua pele morena, tomando sua boca carnuda e indo direto pro paraíso. Desejo explodindo! Seguia com o olhar... e nada mais acontecia. Nenhum sorriso, nenhuma piscadela, nenhum chamamento.

Olhou para o alto e viu que era tempo de lua cheia. Sorriu e se contentou com esta formosura. Saiu cedo do bar. Só esperando a manhã de amanhã chegar.

CLÉA

Cléa e Melissa pegaram o ônibus pra praia animadíssimas. Falaram sem parar a viagem toda. Não olharam pra fora, nem pros que estavam dentro. Grudadas, conversando. Riram, fofocaram, trocaram desejos e vontades. Melissa sussurrava e suspirava seus sonhos d'amor. A loira Cléa inventava aventuras venturosas. Já se sentiam na praia... Já tinha começado o feriado. Tudo de chato, de cobrante, ficara pra trás. Três dias e três noites de gostosuras e descobertas. Sabor de liberdade, de alegria, de mal poder esperar o que vinha pela frente.

Chegaram na rodoviária e pegaram um ônibus pra casa dos pais de Melissa. Um bilhete dava boas-vindas e avisava que tinham ido dar uma voltinha. Riram de alívio. Nada de conselhos e relatórios... Mudaram de roupa, se pentearam no maior capricho, desfilaram uma pra outra pela sala e pelo quarto. Não se curtiram. Trocaram de roupa uma com a outra. Dessa vez se aprovaram. Charmosas!

Saíram e em minutos estavam na fervilhante pracinha. Passaram pela feira dos hippies e ficaram um tempão olhando os longos brincos de prata, os panos coloridos, as saias compridas e bailantes, os coletes aveludados. Melissa não resistiu e comprou um brinco delicado e comprido e ali mesmo o colocou. Ficou lindo! Passaram pelos camelôs expondo toda espécie de bugigangas da moda. Olharam, pegaram, experimentaram, perguntaram o preço, riram e se mandaram. Pra compras adiáveis ainda tinham muito tempo pela frente. Tudo aquilo estaria ainda lá amanhã de manhã ou sábado à noite. Quase tropeçaram num garoto bêbado que mal parava em pé e fazia discursos aos berros, enrolando palavras e repetindo coisas. Um nojo e um dó. Apressaram os passos, viraram uma ruela pra chegar na sorveteria badalada. Famintas, trocaram um rápido olhar e concordaram. Sorvetes cremosos de duas bolas com calda. Lambidas, lambuzações, escorregadelas pelas roupas, rápidas limpadas, gargalhadas. Maravilha! Deste jeito seriam perfeitos os três praieiros dias.

No caminho deram com um bar animadíssimo, cheio de gente alegre e colorida. Um conjunto fazia um ótimo som, muitos cantavam, alguns dançavam, outros conversavam. Alto astral! Sentaram numa mesinha e a paquera começou. Convites pra se juntar com os que estavam do lado. Nem hesitaram. Puxaram suas cadeiras e levaram seus refrigerantes. Melissa saiu dançando e Cléa ouviu histórias divertidíssimas contadas pelo Nelson. Maior charme! Cléa se encantou, derreteu. Dançou com ele algumas vezes acompanhando os volteios que fazia pela pequena pista. Gamou.

Saíram do barzinho bem tarde. Melissa falava sem parar. Cléa, desatenta, caminhou olhando pro alto e seguindo a esplendorosa lua cheia! Cheia de encantamento, como ela se sentia. Iluminada pela sedutora magia da beira-mar.

NELSON

Nelson entrou no carro do seu irmão Ney. Os dois quietos. Nem bem Nelson fechou a porta, Ney deu a partida. Veloz. Cortou ruas, atravessou sinais e logo estava na estrada ainda vazia. Acelerou. Correu, apostou corrida com alguns que passavam e deixava pra trás, fez curvas perigosas, por pouco não bateu num fusquinha repleto de malas e pessoas, mal prestou atenção nos avisos de sinalização, quase atropelou um pobre cachorro. Nelson só rezava baixinho agarrado no cinto de segurança. Várias vezes se assustou, várias vezes pediu pra diminuir a velocidade, vários sorrisos debochados escutou como resposta. Resolveu fazer jogos de memória pra passar o tempo. Sozinho. Calados saíram, calados chegaram.

Pararam na porta da casa de praia, totalmente às escuras. Entraram, acenderam as luzes, jogaram as mochilas no chão, ligaram a TV e o rádio. A caseira apareceu, recolheu o que estava jogado por aqui e ali, aprontou a mesa e serviu um improvisado jantar. Comeram olhando a TV. Barulho dos garfos, do suco engolido, da voz do locutor da TV. Ney levantou, pegou o telefone e traçou o seu programa. Um racha entre carros estava marcado praquela noite. Na estrada velha, às nove. Perfeito! Convidou Nelson, que, por não ter mesmo nada pra fazer, topou.

No caminho quase atropelaram um garoto de porre que andava pelo meio da rua tropeçando nas pernas. Maior susto. Desceram do carro pálidos. O garoto nem percebeu o que aconteceu. Estatelado, só ria. Devia ter uns catorze, quinze anos e estava muito além de Bagdá. Conheciam o menino de vizinhança. Sempre assim, de dia ou de noite. Triste. Ficaram furiosos, mas sacaram que não tinha o que fazer. Botaram o garoto de pé na calçada e se mandaram no carro.

O racha foi violento, suado, vibrante, torcido. Ney perdeu feio, mas não deu bandeira. Inventaram uma comemoração. Todos juntos, no final da noite, tomando caipirinha e comendo jujubas num novo barzinho cheio de gente alegre. Uma banda tocava uma música gostosa e muitos cantavam e dançavam.

Nelson enturmou com um pessoal duma mesa grande ao lado da sua. Ouviu histórias, riu, bebericou, contou piadas, sorriu, trocou olhares ardentes com uma alegre loirinha e com ela dançou algumas vezes, trocou olhares convidativos com uma estonteante morena e com ela dançou muitas vezes. Esbanjou charme, encantou os rapazes com suas histórias de riscos e aventuras, seduziu as moças com o seu jeito de quem bem sabia viver. A turma do Ney saiu, já com altos planos pro dia seguinte. Nelson ainda ficou por lá, curtindo a alegre e inesperada noitada. Falou tudo que se calou durante o dia. Saboreou seu sucesso. Comemorou ter encontrado uma turma simpática de gente da sua idade. Quando saiu, a imensa lua profetizava luminosos dias.

SEXTA-FEIRA, FERIADO

DAVID

David acordou cedo e saiu cedo. Gostava das primeiras horas da manhã, quando a praia era quase só dele. Gostava do sol suave, de treinar sem suar. Andou quilômetros pisando ritmadamente na areia ainda molhada e meio dura. Relaxou, respirou. Saltou cinqüenta vezes, fez oitenta flexões, contraiu o abdômen com valentia e repetiu exercícios com o bíceps até não agüentar mais. Se sentiu forte, vigoroso, viril. Cansou, parou, sentou numa pequena elevação de areia de onde se via uma parte especialmente bonita daquela praia. Soltou o olhar pelas ondas e pedras, pelas poucas árvores e areia branca. Vagueou.

De repente avistou, num cantinho encoberto por algumas plantas, uma mulher estendida ao sol. Óculos escuros, imenso chapéu cobrindo o rosto, maiô mínimo mostrando formas de tirar o fôlego. Deslizou o olhar. Corpo lindo, pernas esculturais, barriga lisinha, seios pontudos, cor amorenada. Boazudérrima! Sem dúvida uma coroa, mas uma coroa muito enxuta. Calculou que teria uns vinte e cinco ou vinte e sete anos... Curtiu o jeito como se entregava ao sol, toda amolecida, toda esparramada na areia branca.

David nada mais olhava. Mudava ligeiramente de posição pra apreciar de outro ângulo. Quis ir até ela. Levantou, acovardou, corou, sentou. Deu um tempo. Contou até dez, respirou fundo e se aproximou. Ela ouviu os leves passos e sem abrir os olhos esticou o longo braço, pegou o rádio e o ligou bem alto. Virou de bruços, enfiou o rosto na areia. David se sentiu estapeado. Voltou ao seu lugar pensando em ir embora. Mudou de idéia. Ela nem tinha olhado pra ele. Talvez tivesse uma segunda chance... Admirou suas costas lisas e morenas, sua bunda pequena e bem-feita, seu pescoço longo, suas unhas compridas e vermelhíssimas. Tremeu de desejo!

Resolveu cair no mar pra se acalmar. Esfriar seu corpo, refrear seu ânimo. No caminho se envergonhou de sua magreza e brancura, de seu jeito desajeitado, de suas pernas e braços compridos e desengonçados. Rezou pra ela não estar vendo. Apressou os passos. Se atirou n'água, nadou, pulou ondas, deu longas braçadas, chacoalhou seus cabelos molhados, voltou pra areia pra se secar. Como quem não quer nada, se sentou bem perto dela, que continuava entregue ao sol, meio dormitando. David se estirou, fechou os olhos e ficou curtindo as mordidelas do sol em sua pele branca.

Quando abriu os olhos, lá estava ela radiantemente bela. Sorriu e pediu pra David guardar suas coisas. Ia nadar e tinha medo de roubo. David nem gaguejar conseguiu. Só acenou com a cabeça. Ela caminhou pro mar toda molenga, sabendo que estava sendo devorada com o olhar. Caprichou nas passadas. Foi devagarinho, mexendo levemente os quadris. David quase envesgou. Não perdeu nenhum movimento. Ela entrou n'água aos poucos, pisando sem pressa, deixando as ondinhas baterem em seus pés e pernas. Depois ficou meio ajoelhada, se respingando. Sorriu, curtiu. Foi mais longe, mergulhou, rolou com as ondas, brincou. Desapareceu nadando, ressurgiu boiando. David fissurado. Horas depois saiu do mar e voltou pro seu canto. Era toda cheiro de sal. Enxugou os cabelos, passou um pente, pôs os óculos escuros, se deixou secar ao sol. Pegou seu filtro solar e vagarosamente começou a passar pelo rosto, depois o pescoço, desceu pelo colo, passou nos seios, untou as pernas e os joelhos, caprichou nas grossas coxas e nos belos pés. Conhecia e acariciava seu corpo. David sentia cada movimento que ela fazia. Segurou a excitação. Quando passou o batom pela bela boca, ele quase enlouqueceu.

Ela sorriu e perguntou se poderia fazer o mesmo em suas costas. Ele pulou, segurou a garrafinha como um troféu e por horas pressionou cada músculo daquelas costas sensacionais. Quando não sobrava mesmo nem mais um centímetro, perguntou se faltava ainda mais alguma parte. Estava às ordens. Ela agradeceu. Disse já estar toda protegida.

Conversaram um pouco. O de sempre. O que faziam, como se chamavam, se gostavam de praia ou de montanha, pra onde viajavam quando pintava um feriado. David aumentou sua idade, inventou que fazia cursinho, descreveu lugares onde nunca tinha pisado. Fez de tudo pra ela se interessar por ele. Enfrentou sua timidez, fez perguntas, contou gracinhas. Ela só sorria. Distante. Compreensiva. Tornando claro que ele era um garotinho...

Passou um senhor vendendo limonada. David ofereceu, ela aceitou. Tomaram gulosamente. Ela recostou pra melhor aproveitar o sol. Ele espichou ao lado e ficou sonhando com tardes e noites paradisíacas com aquela mulher fantástica ao lado. Joana era seu nome. Repetiu mil vezes, como se cantasse uma canção só pra si. Ela voltou ao mar, ele voltou a apreciá-la. Ele voltou ao mar, ela pela primeira vez prestou atenção. Gostara daquele adolescente gentil. Gostava dos seus olhos cinzentos e seu sorriso tímido, da sua sem-gracice divertida. Quando ele saiu da água, ela se preparava pra ir embora. Sol forte não queria pegar. David tentou saber o que faria mais tarde, mas nem conseguiu falar direito. Gaguejou, se atrapalhou, trocou palavras, corou. Ela se despediu dizendo que sempre ficava naquele pedacinho meio escondido da praia. Se ele quisesse, era só aparecer naquele horário, naquele mesmo e lindo lugar. Naquela prainha deserta e quase particular. Ele engasgou e disse que desde as seis horas da manhã ali estaria, esperando por ela. Encontro marcado. Estourou de alegria.

David atravessou a praia inteirinha cantarolando e pulando. Cantarolava Joana, Joana, Joana e pulava de puro contentamento. Se sentia um homem e encontrara a mulher da sua vida. Tinha certeza!

Sol forte, corpo mole. Subiu até um dos quiosques estendidos pela praia. Pediu uma água mineral, depois outra. Estava sedento, seco. Os lábios umedeceram, a secura abandonou a garganta. Só aí deu uma olhadela. Muita gente sentada, comendo peixe frito, bebendo cerveja e Cocas, pernas estendidas por cima das outras cadeiras, num à-vontade simpático. Numa mesinha, garotas cantando e acompanhando um violão bem tocado. Noutra, um casal namoriscando. Benjamim e uma patota apostando braço-de-ferro. Se enturmou com Cléa e Melissa, garotas simpáticas mas ainda muito verdinhas. Nada comparável à incomparável Joana... Suspirou fundo, lembrando do prometido amanhã... Mordiscava peixe, cantarolava, puxava papo, de vez em quando corria pra uma caidinha no mar. Voltava molhado, úmido, contente. Horas nesta de preguiça pachorrenta. Plena gostosura!

Meio de tardinha, brisa ventarolando, mansa calmaria, de repente, começou um buchicho. Um garoto totalmente de porre, o mesmo da outra noite, xingava quem via pela frente. Quase ninguém deu bola. Se irritou, começou a jogar cadeiras no chão, a virar mesas, a ameaçar meio mundo, a gritar que todos eram uns bundas-moles. Um rapaz meio pro truculento se enfezou, levantou. Começou a pancadaria. Do lado, altas torcidas, apostas, gritarias. A briga começou a ficar feia. O de porre aplicou golpes violentos. O truculento estremeceu. O de porre, sentindo que marcava posição, se engalfinhou e deu uma pancada feia na garganta do grandão, que ficou meio sem ar e se contorceu de dor. A turma do deixa-disso entrou firme em ação. Meio tarde. O grandão estava furioso e desmoralizado. O de porre pegou uma garrafa e atirou na cabeça do grandão. Maior sangreira. Cacos de vidro no nariz, lábios inchados, a boca espirrando sangue. Todo mundo ficou mudo e paralisado. De repente, uma correria desesperada. Uns gritavam, outros tentavam encontrar um médico no pedaço, alguns davam aflitos palpites sobre como estancar a sangreira. Uma senhora enfaixou a cabeça dele com todas as toalhas e panos que encontrou. O de porre, parado e meio espantado. Alguém chegou com a polícia, que só depois de muitas perguntas e respostas desencontradas resolveu levar o grandão prum pronto-socorro. O de porre caiu na areia e desandou numa interminável falação. O policial voltou e o levou pro carro. Destino, delegacia. Maior bafafá. Não queria ir, esbravejava, tentava correr, xingava. Acabou arrastado pro carro, mesmo sendo menor e podendo sair assim que o pai aparecesse. Ninguém conhecia o grandão, mas todos viram quantos golpes baixos levou. Comentários aflitos sobre o ferimento e as complicações possíveis. Palpites de cirurgia com duzentos pontos na cabeça, avaliações de dentes e nariz quebrados, diagnósticos de transfusão de sangue seguidos de reza pra não estar contaminado com Aids. Catástrofes em série.

Mudou o rumo do dia, quebrou o clima. Ninguém queria mais ficar por ali, por aquele quiosque. Começaram a pedir as contas, a botar camisas e bonés, a recolher suas coisas. Em pouquíssimo tempo, o quiosque ficou vazio. Final da tarde.

David e Benjamim foram pra casa. Banho gelado, um lanche reforçado, soneca profunda. Sono pesado, sem sonhos.

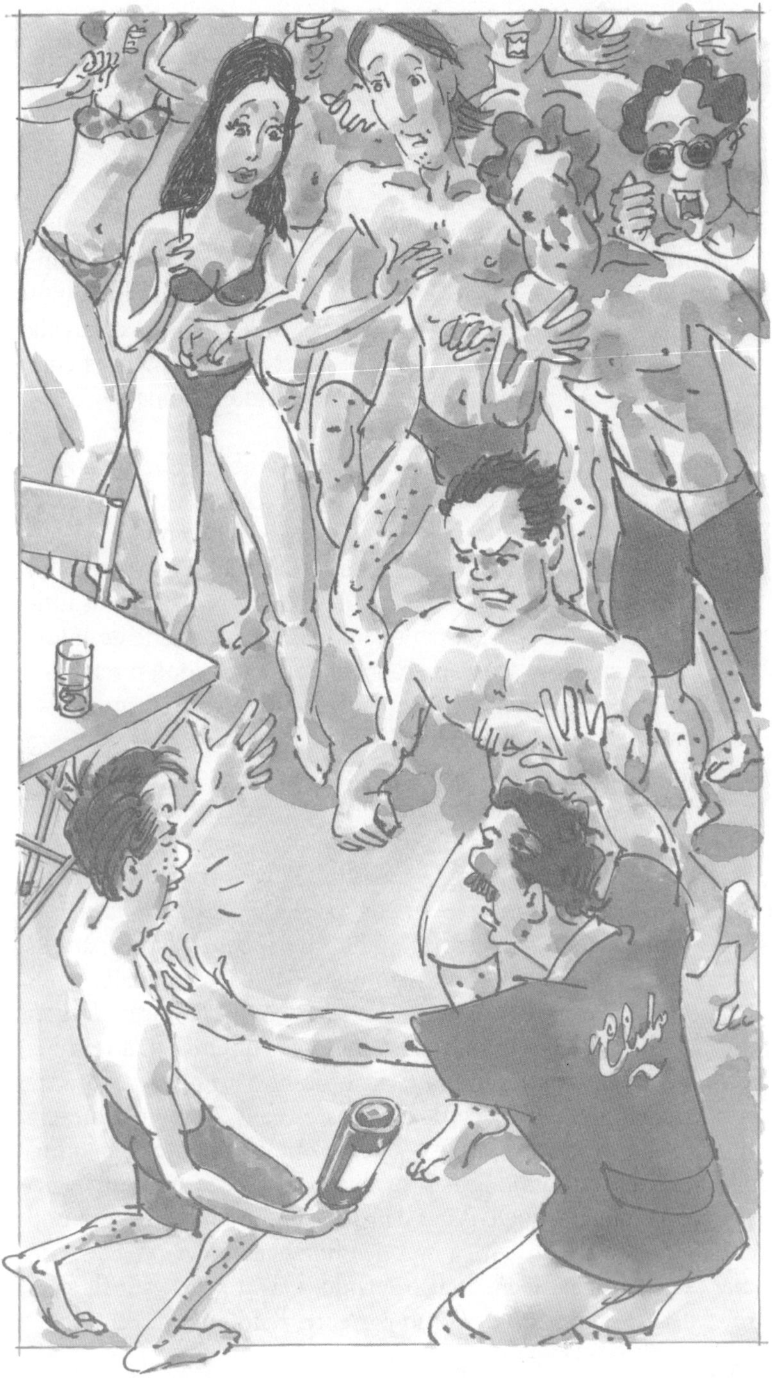
Club

David acordou, espreguiçou, olhou pela janela. O pôr-do-sol começava. Se vestiu rapidamente e saiu pra ver o crepúsculo num canto da praia onde era lento e lindo. Se apoiou, subiu numa pedra, depois pulou pra outra. Achou o lugar que buscava. Sentou quieto. No céu, cores esmaecidas. Amarelos e róseos cobriam o ainda azul-clarinho. Surgiu a primeira estrela. David fez um secreto pedido. O mar tranqüilo batia na pedra e espumava águas dançantes, a maré subia. David olhava, ouvia. Silencioso, acompanhava o tranqüilo final da tarde com seus profundos olhos cinzentos. Solitariamente, como gostava. Não pensou em nada importante, não resolveu nada em suspenso. Simplesmente ficou. Quietamente. Até a noite baixar, até a lua tudo iluminar.

A família jantou junta. A tia orgulhosamente apresentou seu peixe assado acompanhado de batatas e cenouras. De babar! Comentaram os acontecimentos do dia. O tio contou velhas histórias da família. Riram das poucas que ainda não conheciam, fingiram interesse pelas que já sabiam de cor. A tia contou as últimas fofocas do bairro. Se espantaram com a quantidade de informações inúteis sobre a vida de todos. Benjamim olhou o relógio e declarou que já era hora de aproveitar a noite. Rapidamente foi se vestir pro passeio. David, atrás. A tia beijou como se partissem pra sempre e deu conselhos como se tivessem oito anos de idade.

Logo estavam na enluarada rua. Os dois primos se separaram. David caminhou por ruelas e avenidas. Deu no parquinho de diversões. Pobrinho e engraçado. Irresistível a vontade de entrar e brincar. David achou que a roda-gigante e o trem-fantasma só tinham graça com namorada fingindo ter medo. Correu para os carrinhos. Pilotou, desviou, trombou. Foi gostoso. Repetiu. Comprou pipocas e foi se arriscar nos jogos de laçar, lançar, mostrar força. Não acertou nada em lugar nenhum. Total vexame! Na barraca de tiro ao alvo, David brilhou. Atirou certeiro e na primeira ganhou um maço de cigarros. Amaldiçoou seu azar, não fumava. Continuou mirando o alvo. Fez poucos pontos. Na quinta tentativa acertou todos os tiros. Na mosca! Ganhou uma imensa e rosada concha que o dono da barraca jurava que era um lindo enfeite de mesa e uma peça rara de onde se escutavam os sons do mar. Só aproximar e encostar o ouvido. David pegou aquele horror e decidiu levar pra tia como presente. Baita média!

Do parquinho pro bar da véspera. Foi recebido com palmas e abraços. Sentou numa enorme mesa, entrou nas cantorias e engatou nas piadas. David dançou com Cléa e outras garotas gracinhas. Mas só pensava na bela e madura Joana. Com os olhos fechados se viu dançando com ela, caminhando pela orla na madrugada, abraçados pelo cheiro do mar.

CLÉA

Melissa acordou Cléa, que dormia profundamente. Espreguiçou sem urgência em chegar logo em algum lugar. Tempo de férias. Tempo sem pressa. Perfeição! Quando levantou, Melissa terminava os preparativos frenéticos pra primeira manhã ensolarada.

Escolheram a parte mais agitada da praia. O centro do buchicho. Gente desfilando, falando, zorrando. Folia no ar. Vontade de se divertir com tudo que pintasse. Cléa e Melissa esticaram a imensa esteira de palha. Tiraram os pareôs deixando a mostra os corpos mal cobertos por minibiquínis e começaram os cuidados sagrados. Filtro solar pelo corpo todo, vagarosamente colocado. Sem pressa, com precisão. Nenhum pontinho a descoberto. Batom protetor, óculos escuros charmosos, detalhes cuidados. Prontas pro ensolarado desfile, prontas pra aventura, prontas pras paqueras. Prontas.

Na areia, bem pertinho, desconhecidos tiravam sarro de mocinhas gordotas ou branquelas. Não escapava nenhuma... As coitadas mal sabiam onde se enfiar. Maior vexame, maior esculhambação pública. Garotas cheias de graça passavam e faziam sucesso. Convites pra passeios e noitadas magníficas, propostas de casamentos e viagens pra Miami. Cantadas descaradas. Desdenhosamente avaliavam o pretendente e sem perder a pose continuavam a sua caminhada provocativa. Mocinhas superproduzidas olhavam com desdém e deboche as que estavam fora de moda. Risadinhas, gritinhos, comentários em alto e bom som.

Mal-estar e espanto nas que nem sabiam que estavam fora da moda ou que não se importavam mesmo com o que mandava a revista. Olhares trocados, aproximações de esteiras, pedidos pra tomar conta de roupas, de tudo ouviam. Risadinhas ou caras feias como resposta. Até aquele momento, ninguém que valesse a pena. Garotinhos tontos ou cafajestes enturmados. Um rapaz bonito, gatíssimo, chegou perto de Cléa e ela se animou toda. Perguntou as horas. Cléa respondeu com o seu mais belo sorriso. O rapaz agradeceu e se mandou. Decepção. Queria mesmo só saber o horário... Não fazer um horário acompanhado.

Melissa entrou numa partida de peteca. Jogou, laçou, pegou, bateu, se divertiu. Cléa viu uma menina rodando um bambolê e se aproximou. Quis também bambolear, afinar a cintura. A menina deixou. Cléa deu um show. Girou, segurou, rebolou, chamou a maior atenção da moçada. Começaram a contar quantas voltas fazia. Se concentrou, deu de tudo, fez bonito. Ouviu assobios e palmas. Toda vencedora, voltou pra esteira e se estendeu ao sol. Sentada, acompanhou uma partida de vôlei disputadíssima. Torceu, palpitou, vaiou, aplaudiu. Curtiu.

Um pouco mais tarde, uma turminha divertida convidou prum passeio numa outra praia. Longe e de difícil acesso. Melissa ficou com preguiça, já conhecia o lugar. Cléa topou animada. Pegou uma camiseta emprestada e jogou em cima do biquíni, pôs o boné divertido cobrindo seus curtos e loiros cabelos, calçou a alpercata da moda e se disse pronta pra caminhada. Quase duas horas pra chegar na praia buscada.

Foi uma andada difícil. Subidas íngremes, descidas escorregadias, atalhos cobertos por espessa vegetação, mata rodeando tudo. Andaram, se equilibraram, se esforçaram, davam vivas e hurras quando alguém saltava um novo e imprevisto obstáculo. Cléa andava, tropeçava, parava sem ar, sentava num tronco de árvore pra se recuperar, acelerava os passos. Um garoto segurou a sua mão. Estremeceu, amoleceu. Logo ele soltou. Só estava ajudando a pular uma imensa poça d'água. Ficou vermelha e agradeceu aos céus que ninguém tinha notado. Logo depois escorregou. Braços musculosos a levantaram. Sentiu as mãos fortes do salvador em suas mãos, cintura esbarrando no peito. Arrepiou. Ficou sem saber se preferia sair logo do atoleiro ou sentir mais o contato daquelas mãos másculas. Não durou mais do que um segundo o quase abraço. Em frente, marche! Pularam paus e pedras, se apoiaram em grossas árvores, fizeram bastões de madeira, afastaram folhagens, espantaram mosquitos infernais. Finalmente, um trecho de terra batida mostrava que era o início da chegada à praia. Só alguns minutos mais...

A praia era simplesmente deslumbrante! Mar azul-turquesa se mesclando com verdes cintilantes, quilômetros de branca areia, conjuntos de esverdeadas palmeiras prometendo protetora sombra. De tirar o fôlego! Se aboletaram numa barraquinha onde se vendia água-de-coco. Cléa saboreava o gostinho doce e gelado e se atordoava com a intensa luminosidade do lugar. Claridade do sol a pino dourando com reflexos esparramados o mar verde-azulado. Se deixou ofuscar!

Cléa se encostou à sombra de uma palmeira e mergulhou na beleza do lugar. Com os olhos se deixou levar pra invisível outra margem. Pouca gente passava. Alguns turistas estrangeiros andavam, alguns jovens que estavam acampando balançavam e sonecavam em redes, duas senhoras liam como se nada acontecesse no mundo. Vozes quase não se escutava. Mais longe, um rádio tocava uma quase inaudível canção. Dois namorados se acariciavam. Silêncio e claridade. Cléa se entregou à gostosura, que só não era perfeita por estar sozinha... Pediu pro mar um amor.

Mais tarde foi chamada pra apostar corrida até uma ilhota feita de pedras. Imperdível. Cléa se jogou no mar e sentiu o abraço das águas, o volteio das pequenas ondas, a calmaria impulsionando. Foi a última a chegar. Não estava nem aí pra competição. Subiram nas pedras, sentaram no topo vendo a espuma que se fazia cada vez que uma onda batia na pedra-ilha. Boniteza pura! Sol muito forte pediu a volta mais cedo. Nadaram pra praia. Corpos molhados, salpicados por fina areia, cabelos grudados nos rostos, eram só contenteza.

Um rapaz achou que era hora de voltar. Concordaram. Cléa balançou. Gostaria de ficar um pouco mais naquele paraíso. Não deu... Todos se aprontavam pra mais duas horas de caminhada. Um animava o outro pras horas do suor, do ligeiro tremor, da concentração, do fôlego. Tapinhas nas costas, gritinhos de partida. Cantarolando hinos e marchas saíram pela estradinha.

De volta à sua praia, Cléa foi direto pro quiosque preferido. Matou a fome com jujubas, bebeu água mineral até toda sua sede desaparecer. Distendeu, descansou. Lentamente refez forças. Contou o passeio à Melissa, conversou com uns rapazes simpáticos, mas nenhuma paquera pintou. Só risadas de quem se divertia em grupo. De repente, lembrou do charmoso Nelson. Encompridou o olhar, não o encontrou. Imaginou como seria fantástico ir com ele até a distante e deslumbrante praia. Talvez, amanhã... Escondida, fez figa.

Cléa deu uma nadadinha, sentou à beira-mar e ficou vagando com o olhar. Viu um rapaz musculoso, fortão, cair de pau em cima de um molecote franzino, magrinho. Apertou os olhos pra ver melhor. A briga aumentou. O pequenino mal conseguia parar em pé, tantos murros e sopapos levava... Cambaleava, caiu no chão, custou pra se levantar, conseguiu e parecia fortalecido pela raiva. Cléa veio vindo e não viu bem como, mas viu que ele derrubou o grandão. Ficou contente. Não gostava de quem batia em pessoas que não eram do seu tamanho. Maior covardia. Maior demonstração de mau-caratismo. Coisa de cafajeste. Enquanto aplaudia o pequenino, a confusão aumentou. Correu ao quiosque pra acompanhar de perto. Chegou quando a festa acabou. O policial já tinha levado os dois embora.

Em todas as bocas discussões e irritação. Acusavam o que estava bêbado e Cléa imaginou que era o grandão. De repente lembrou do garoto bêbado que discursava aos berros na véspera, na pracinha. Relembrou da pena e do nojo misturados. Era o pequenino. Quis conferir. Começou a dar palpites, foi interrompida. Poucos conseguindo contar o que realmente aconteceu. Balbúrdia e gritaria, susto e espanto, atropelos de frases e fatos. Entrou na rodinha, mas em segundos ela se desfez. Todos foram embora, cada um pro seu canto. Cléa murchou. Por ela ainda ficaria horas por ali. Mas, sem ninguém, perdia a graça. A luminosidade radiante do dia se foi. Chateada, saiu com Melissa. Escurecida porque o dia praieiro terminara cedo.

Bem de tardinha, Cléa e Melissa saíram de bicicleta. Pedalaram por ruas bonitas, viram casas grã-finíssimas, contornaram a estrada, deram com casebres miseráveis, acenaram pra crianças, apostaram corrida, descobriram desvios desconhecidos.

Cléa adorava a sensação de poder fazer seu próprio caminho. Com Melissa era fácil. Sempre ia atrás dela. Só propor, inventar, desinventar, girar, que Melissa seguia seu comando. Como uma motorista experiente, deu sinal de volta. Final do dia.

De noite, banho prolongado, enxugação caprichada, trato nos cabelos. A mãe de Melissa deixou saladas e frutas na mesa. Só comer. Lavaram rapidinho a louça, arrumaram a sala e trataram da parte mais complicada das atividades noturnas. A própria produção. Experimentaram mil roupas, na maior excitação. Punham, tiravam, tentavam novas combinações, voltaram à primeira escolha. Capricharam nos acessórios, mudaram cintos e bolsas, trocaram sandálias e tênis. Finalmente se deram por prontas. Transadérrimas! Melissa tinha gostado de alguns carinhas, especialmente do falante Benjamim. Cléa fez figa forte pra encontrar com o supersimpático e superchique Nelson. Saíram na maior animação. Prontas pro que viesse... Certas que conseguiriam quem queriam.

Chegaram no bar. Na entrada, o maior agito. Pessoas falando, entrando, parando, circulando, paquerando, procurando o melhor lugar. Ficaram um tempo na porta, saíram pra falar com umas colegas de colégio, voltaram e se enroscaram num papo animado, saíram de novo com um carinha que ia comprar cigarros, voltaram. Horas depois entraram e sentaram. Cléa pediu um enorme e enfeitado sorvete com cereja, farofinha, calda de chocolate. Um luxo! Na mesa aplausos e invejas. Muita gente encomendou um igual.

Cléa saboreava lentamente seu sorvete e olhava pra todos os cantos. Disfarçadamente. Quando viu o Nelson, ele estava contando uma longuíssima história pra duas garotas totalmente paradas na dele. Nem respirar respiravam. Ouviam cada sílaba que ele dizia como se fosse a verdade final. Ele estava tão encantado com aquela platéia particular que nem percebeu que Cléa estava sentada quase ao seu lado. Ela jogou a colherinha no chão, ele não viu nem ouviu. Cléa se levantou e de propósito esbarrou na cadeira dele, mas ele só disse alguma coisa tipo "não tem importância", "dá pra passar", e nem olhou pra ela. Não a reconheceu, não acenou com um sorriso, não fez sinal de que queria de novo dançar com ela ou prosear horas seguidas.

Cléa engoliu o vexame, chateou. Se sentiu feia, infeliz. Não dava pra passar batido. Tinha sonhado com aquele encontro romântico e fascinante. Quis ir embora. Melissa não entendeu a pressa. Cléa cochichou no ouvido da amiga. Melissa apontou outros gatos, maior música rolando, altos agitos acontecendo, um carinha parado na dela. Cléa nem tinha reparado e agora não queria reparar. Fechou a cara, não estava a fim de mais nada. Pegou a bolsa com cara de resolução tomada. Fim de papo, fim da noite. Encaramujou.

NELSON

Nelson acordou cedo, excitado. Não via a hora de sair de lancha. Programa obrigatório na praia. Sempre fantástico! Sair sem rota certa, seguir por águas desconhecidas, acostar em alguma prainha afastada, rumar pruma ilha recém-descoberta. Várias variações, poucas repetições. Nunca monótono, nunca chatoso. Nada se comparava a sentir as águas e as mãos conduzindo e determinando caminhos. Arrepiou. Sentiu pressa pela aventura. Impaciente, chamou Ney.

Ney demorou pra vir tomar o suculento café da manhã. Fez hora, alongou o tempo, arrastou movimentos. Nelson se irritou. Ney avisou que também iriam alguns amigos dele e umas garotas que tinham encontrado à noite e que adoraram a idéia de cruzar os mares. Maiores gatas! Ao todo oito pessoas, contando com eles dois. Nelson ficou furioso porque nem foi consultado, porque Ney agia como o dono e senhor do barco. Se enfureceu com o egoísmo do irmão.

Colocaram bermudas brancas incrementadas, camisetas regata listradas, bonés de marinheiro e foram pro ancoradouro. O sol já brilhava. Os convidados esperavam. Tipo ansiosos. Ney verificou as condições do barco, o estoque de cervejas, providenciou o que faltava, subiu a bordo e aos gritos deu as ordens de partida. Nelson odiou a mandonice exibida do irmão.

No barco tudo era entusiasmo. Gritinhos, risadas, fitas de rock-pauleira. Ney manobrava e mudava o rumo sem consultar ninguém. Rodearam a baía. Desligaram o motor em alto-mar e mergulharam nas águas profundas. Gostosíssimo! Saltar da lancha, cair na água gelada, fazer uma espuma borbulhante, nadar pra longe, dar caldos, apostar quem ficava mais tempo no fundo, prender a respiração e baixar metros sem fim, voltar à tona, repetir tudo de novo e de novo... Fizeram um campeonato pra ver quem era o melhor em mergulhos acrobáticos. O júri teve dificuldades em resolver e Ney deu o prêmio a ele mesmo. Típico.

A cada intervalo, beijos, beijocas, amassos, avanços, recuos. Elas em pouco tempo fizeram sua escolha. Cada uma com um. Nelson e um rapaz sobraram... Tudo era sal, sol e promessas de horas a sós. Tudo era exibição e sedução, conquistas e promessas dum rápido depois. Tudo explodia em espuma no intensamente azul. Borbulhavam. Nelson queria estar na deles. Foi pra proa esperar a inveja passar.

Mais tarde, desembarcaram num portinho pra comer camarões e caranguejos, fazer batucada e ouvir histórias dum pescador meio bêbado. Os abraços e amassos aumentaram. Cada par foi nadar numa parte diferente daquela prainha. Nelson e o amigo do irmão apostaram corrida. Nadaram com rapidez e raiva, por terem ficado de lado, por terem que se contentar um com o outro. Nelson ganhou. Foram à forra. Deu empate. De novo e de novo. Incansáveis. Caras fechadas, músculos tensos. Impossível perder esta também... Deram de tudo. Exaustos, deitaram na areia pra descansar. Vagarosamente os outros começaram a chegar. Todos juntos quando o céu já anunciava o início do fim do dia.

Voltaram pra lancha. Nelson rapidissimamente pegou no leme. Vitorioso! Da proa viram o crepúsculo. Céu tingindo de todas as cores e parecendo que quase se poderia alcançar com as mãos, tão próximos se sentiam da imensidão azulada. Só chegaram no ancoradouro de noitinha.

De noite, Nelson passou pelo parquinho de diversões. Se divertiu com a cafonice, com as atrações pobrinhas, com os brinquedos caindo aos pedaços. Ficou um tempão tirando o maior sarro. Esnobou.

Foi no bar da véspera. Tinha gostado do lugar. Nem bem sentou e já estava escutando o único papo do bar. Não dava outro assunto. Em todas as mesas se falava da briga do garoto bêbado. Detalhes de como azucrinou tanto que o que topou a luta foi parar no hospital sangrando inteirinho. Uma de horror! Uma descrição mais trágica do que a outra. Cenas de cinema. Comentários prevendo um futuro negro pro agredido. Em todos os rostos, ansiedade por notícias, vontade de saber o último boletim do hospital. Quem não esteve lá se sentia por fora do mundo. Quem esteve aproveitava seu momento de glória e colocava mais detalhes sangrentos. Apartes de todos os lados.

Nelson ouviu e ouviu... Se impacientou com aquele blablablá macabro, com tanta preocupação por pessoas que nem conheciam. Contou o que sabia e sabia como contar. Segurou a atenção geral. Falou que conhecia as duas figuras, vizinhos desde crianças e desde crianças sempre juntos, infernizando a vida de quem passava por perto. Todo final de semana aprontavam. Quase sempre brigas violentas. Só mudava o ferido. Uma vez o grandão, outra o fracote. O que não ia parar no hospital, ia pra delegacia. Os policiais já não agüentavam mais. Os pais estavam cheios. Uma vez até deixaram um mofando na cadeia, pra ver se aprendia. Não adiantou nada. Na semana seguinte, veio novo show. Viviam de porre, principalmente o pequenino, que bebia feito gente grande. Não tinha dia que não entornava uma garrafa. De qualquer coisa que visse pela frente. Não tinha preferência. De rum a pinga, traçava todas. Com valentia! O grandão curtia mesmo os murros, os sopapos, uma boa briga. Fazia de tudo pra provocar uma e só sossegava quando estava no chão ou tinha botado pra escanteio o adversário. Enquanto Nelson falava, o pessoal foi murchando, ficando sem graça. Tinham curtido tanto aquela pancadaria sangrenta e era só um bis. Tipo espetáculo preparado. Se sentiram lesados. A decepção foi geral. Todo mundo ficou quieto, engolindo a enganação. Só voltaram a falar quando já dava pra mudar de assunto, sem ficar vermelho por ter se entusiasmado tanto com uma cena de teatro. Nelson ria sozinho. Curtiu seu desempenho. Marcou vários pontos e mostrou quem é que sabia das coisas, quem era o Mr. Informação do pedaço.

Nelson pegou seu Campari, procurou Leila por todos os cantos, mas não a viu. Queria dançar com ela, sentir seu corpo sensual e a suavidade de sua pele, paquerar, talvez terminar a noite em seus braços convidativos. Segurou a decepção. Ao seu lado, duas garotas. Conversou, contou de suas viagens e lancha, serviu refrigerantes, paparicou, agradou, foi gentil e fascinante. As duas se derretiam, deslizavam pra seus braços. Poderia fazer o que quisesse com elas. Só escolher qual... Mas nada fez. Garotinhas muito bobinhas e breguinhas. Se encheu do papo furado. Não tinha mais jeito de se livrar das duas tietes. Também não viu ninguém interessante no pedaço. Inventou uma desculpa, pagou a conta, deu boa-noite e se mandou.

Nelson saiu pela orla e caminhou sem destino. Não sabia o que queria fazer, onde gostaria de estar. De repente, resolveu ir encontrar Ney, que estaria, com certeza, num bar onde marcava ponto. Jantava numa enorme mesa, comendo frutos do mar, bebendo vinho como se fosse um adulto. E dos muito ricos e sofisticados. Sorriu com a cara de pau e com a metidice do irmão. Sentou, filou o fim do jantar, tentou se enturmar, mas ficou meio de lado... Um deu a idéia de irem pruma boate. Aplausos gerais. Preparativos entusiasmados, curtição já desenfreada. Na porta, Nelson foi barrado. Pediram documento. Jurou que já tinha dezoito anos. O porteiro não acreditou. Menor não entra e ponto final. Só restava dar tchau. Invejou a noitada que os outros teriam. Amaldiçoou sua idade.

Voltou pra casa se sentindo o último dos desgraçados. Caminhou sozinho pela praia até chegar na sua casa toda escura, como sempre. Nenhuma luz, nenhuma pessoa lá dentro. Solidão pesada.

LEILA

Leila acordou cedo, zonza com a barulheira que suas três priminhas faziam no quarto. Se aborreceu, segurou o mau humor, pulou do beliche, esperou mais de meia hora pro banheiro ficar livre. Xingou baixinho. Tomou o café rapidissimamente e rapidissimamente saiu de casa antes que alguém resolvesse grudar no seu pé. Não estava a fim de agüentar a família. Com absoluta certeza.

Foi à praia do agito. Quando tirou a camiseta sentiu os olhares gulosos em cima dela. Aproveitou o entusiasmo. Curtiu se despir, descalçou as sandálias devagarinho, agitou os longos cabelos, passou loção pelo corpo todo esticando o tempo da admiração geral. Reinou no pedaço. Quando ia encostando na toalha, um garoto se achegou. Paquera direta. Se fez de surda e cega e se estendeu pra pegar sol. Um rapaz magricela e dentuço se aproximou perguntando uma bobagem qualquer. Avaliou, se virou e se deixou amorenar.

Bem depois levantou e andou até um píer. Foi até a ponta, parou, sentou e deixou as morenas pernas batendo sobre o mar, as mãos apoiadas na gasta e úmida madeira. Relaxou, meio que acordou da noite mal dormida, da pressa em ter que se levantar. Fez hora, se deu tempo. Odiou ser pobre. Jurou que quando pudesse passaria férias num hotel cinco-estrelas num quarto só pra ela ou viajaria num imenso navio e ocuparia a cabine principal. Sonhou, se embalou em projetos de luxo e esplendor. Um mais fantástico do que o outro. Lavantou e atravessou o píer escorrendo dengo. Passou um tipo engraçado vendendo picolé. Comprou, se lambuzou, acriançou. Parou pra ver uma partida de vôlei. Se interessou um pouco, torceu, acompanhou, se encheu e se mandou. Viu uma loirinha dando um show com um bambolê. Invejou.

Sem saber o que fazer, voltou à beira-mar. Algumas crianças construíam um castelo na areia. Um rapaz com jeito carinhoso ajudava. Sentou perto e também entrou na brincadeira. Descolou bandeirinhas pras torres, enfeitou com conchinhas o portão. O rapaz se animou e caprichou nas pontes e no fosso. Ele e Leila fizeram quase tudo sozinhos. As crianças meio que se deslumbraram e meio que ficaram com raiva. Queriam seu castelo de volta. Leila e o rapaz, que estavam mostrando as habilidades um para o outro e se lixando pros moleques, continuaram sua obra-prima. Quando ficou prontíssima esperaram os aplausos e a gratidão das crianças. Elas não deram a mínima bola pra eles. De costas pro castelo, brincavam de casinha. Se decepcionaram com a reação.

Os dois conversaram um pouquinho. Abobrinhas e atualidades. Resolveram nadar. Jogaram água um no outro, pularam e se enrolaram em ondas grandes, engoliram litros de água salgada, perseguiram novas ondas, foram até uma pedra não muito longe. Subiram de mãos dadas pra não escorregar, sentaram bem pertinho, trocaram um olhar derretido, se beijaram. Leila achou meio sem graça, sem sal nem pimenta. Beijo mais pra quitinete do que prum castelo. Ele insistiu, ela nada sentiu. Ele não sabia das coisas, uma inexperiência só... Parecia mais velho, mas de mulheres entendia muito pouco. Provavelmente um garotão bastante crescido e com certeza ainda virgem. Leila inventou que era tarde, nadou de volta pra praia e deu a maior dispensada no garoto. Ele fincou pé, ela imediatamente entrou num bobíssimo jogo de peteca e ficou marcando pontos até o rapaz desistir e desaparecer. Maior tempo perdido.

Leila avistou os amigos chegando. Correu ao seu encontro. Beijos, abraços, cafunés. Resolveram dar uma caminhada até o riacho. Iam em ziguezague. Da areia pra beira d'água, subiam pela parte umedecida, corriam aqui ou ali, se encostavam em pedras ou debaixo de árvores. Uma delícia! Uns rapazes se juntaram, enturmaram. Improvisaram uma partida de frescobol. Uma turma contra a outra. Vibraram, jogaram pra valer. Eles ganharam. Um deles tinha um rádio, logo estavam dançando com os pés nus pela areia fina. Gostosíssimo!

Um rapaz segurou a mão de Leila, depois colocou seus braços em volta de seus ombros. Caminharam juntinhos um tempão. Leila sentiu a gostosura chegar e ficar. Ele era simpático, divertido, sorriso lindo. Se afastaram do riacho e correram pro mar. Foram longe. Na água, ele a abraçou. Nadavam, subiam à tona, se tocavam, jogavam água nos cabelos um do outro, mergulhavam e puxavam os pés, afundavam, riam. Depois um beijo e mais outro. Bocas se abocanhando, línguas se contorcendo. Ele começou a passar a mão em seus seios. Tudo cheirava a amar, a mar, a sal e a sol. Ele começou a baixar as alças de seu biquíni. Leila mergulhou pra cortar o entusiasmo. Praquela hora da manhã já era bastante. Mais não queria. Puxou as alças de volta. Ele voltou aos beijos. Ela se alegrou. Ele voltou aos seios. Ela brecou e se enfezou. Cortou o barato e se afastou. Ele correu atrás. Quebrou o clima, o encantamento se foi.

Voltaram pro riacho, pras turmas. Foram recebidos com risinhos e deboches. Fizeram caras de santos. Maior zombaria.

Curtiram chamar a atenção. Leila e Benjamim, o novo par da praia. Os amigos dele iam seguir adiante, até uma cachoeira. Ela ficou com seus amigos no desatraente riacho. Ele convidou prum sorvete, à noite. Todos ouviram. Sem saber o que fazer, Leila topou. Ele gritou que esperava às oito em ponto na sorveteria badalada. Começaram a cantar a Marcha Nupcial. Leila, sem-gracérrima, concordou com um sinal da cabeça. Não soltou um fio de voz.

Na maior folia foram pro quiosque. Leila se acomodou debaixo de uma palmeira. Sozinha e na sombra. Longe dos amigos, longe da zorra. Precisava clarear o que sentia, o que verdadeiramente queria. Detestava ser pressionada, gostava da cara de pau do Benjamim. Nada o segurava. Topetudo. Páreo pra ela. Cresceu a vontade de ver qual dos dois podia mais. Resolveu pagar pra ver.

Passou um rapaz completamente bêbado. Tropeçou nos gravetos da praia. Caiu, falou qualquer coisa incompreensível. Enrolava as palavras, repetia as mesmas frases. Tentou umas cinco vezes se levantar, finalmente conseguiu. Gloriosamente ficou de pé, deu uns passos. O mesmo garoto da véspera, na sorveteria. Se aproximou de Leila, que se assustou e correu pra mais longe. Ele começou a andar aos tropeços e quedas. Quando estava entrando no quiosque, um grandão começou a tirar sarro, a debochar. O rapaz mal parava em pé. O grandão provocava, procurando comprar uma baita briga. Leila ficou com pena e medo, sem saber o que fazer ou dizer. Juntou os joelhos, abaixou a cabeça, encompridou o olhar pra não perder nada do que acontecia. O grandão agarrou o bêbado pelos cabelos e o empurrou pra longe. Com toda força. O bêbado caiu com a cara no chão. Humilhadíssimo. Se levantou e Leila viu a pancadaria se esticar. Murros, sopapos, rasteiras, pontapés, golpes baixos. Ninguém afastava, ninguém impedia. Pareciam estar gostando daquela baixaria. Ficou com raiva, deu as costas, andou pro outro lado. Quando voltou pro quiosque já não tinha mais ninguém. Sumiço geral.

Engasgou na curiosidade. Sobre a briga e a debandada. Imaginou mil coisas, nada explicava ninguém mais por lá. Aumentou a chateação. Agora queria conversar, rir, falar bobagens, cantar. Sozinha, impossível. Chegava de pensar em seus problemas. O mais urgente tinha resolvido. Os outros não tinham mesmo uma solução rápida. Só com proteção poderosa!! Sentiu a canseira chegar, a soneira aumentar. Recolheu suas coisas e sonhou com um sono profundo, numa imensa cama, num quarto com ar condicionado, embalada por um sonho romântico e bailante.

Leila foi pra casa. Esperou horas pra tomar banho e tirar a areia e o sal do corpo, lavar os longos e ressecados cabelos. Subiu no beliche, abriu a janela. Sufocava. Não conseguiu dormir com a barulheira das primas e primos. Desistiu da sonhada soneca. Foi fazer compras na padaria pra tia. Mal conseguiu engolir o lanche, tamanha a gritaria familiar. Crianças berrando, nenê chorando, a avó resmungando, o tio gargalhando, a tia implicando. Um inferno!

Quando anoiteceu, se vestiu com capricho. Soltou os negros cabelos, botou um shortinho que causava a maior sensação, jogou um camisão por cima. Maior efeito! Charme e última moda com umas roupinhas superbaratas. Aprovou seu bom gosto. Sabia que ia arrasar.

Decidida, Leila foi pra sorveteria. Benjamim já estava lá. Superbem-vestido, supersorridente, superalto-astral. Ele ofereceu um sorvete. Ela demorou horas pra escolher o sabor. Mudou de idéia umas vinte vezes. Ele palpitou, sugeriu uma especialidade da casa. Ela se irritou. Não precisava de conselhos, sabia o que queria. Finalmente conseguiu uma combinação complicada e estranha. Lentamente saborearam. Falaram coisas da escola, da turma da praia. Nada pessoal, nada particular.

Entraram num barzinho pra tomar água gelada. Benjamim tomou as mãos dela nas suas. Começou a ler seu destino. Acariciava os dedos, apertava a palma, pressionava as linhas. Falou horas. Jurou que viveria cem anos na maior felicidade e sem desapontamentos. Naquela manhã, exatamente, conhecera o homem da sua vida. Dali pra diante, nem o céu era o limite. Sorriu e lhe deu um leve beijo. Leila se derreteu. Falou coisas sobre o seu passado, algumas absolutamente certas. Errou feio quando descreveu sua família, a escola, seu primeiro namorado. Leila só riu. Nem de longe parecido... Começou um papo sobre astrologia. Leila não sabia quase nada do assunto. Ouviu interessadíssima. Ele fez um interrogatório e deu uma explicação completa sobre o seu signo. Leila embasbacou. Quase tudo em cima. Se via no que ele dizia. Igualzinha. Seu próprio retrato.

Benjamim fez altos cálculos sobre os números de seus nomes e não gostou dos resultados. Refez, perguntou se ela não tinha mais um nome ou sobrenome, ficou frustrado com a resposta. Não tinha... As contas sobre as datas de seus aniversários também não foram muito positivas. Benjamim se concentrou, pesou possibilidades, conjunção dos astros no céu, influência de Saturno, e resolveu arriscar. Perguntou se Leila queria ir prum motel com ele. Leila ficou espantada. Nenhum clima pra aquele convite. Maior papo de guru, de repente entrando numas de ir direto prum motel... Sem romantismo, sem paixão. Com ela, nada era assim a seco. Precisava de tempo, de carícias e carinhos, de namoro e atrevimentos pra pintar o desejo. Naquele momento, impensável. Fulminou com um olhar impiedoso. Desmoralizou. Benjamim sentiu a resposta. Tossiu, pigarreou. Leila olhava pra rua. Pediu a conta.

Levantaram e foram dar uma andadinha pela feira dos hippies. Ela se sentiu meio de lado, porque ele encontrou mil conhecidos. Falou com todos os cabeludos, trocou informações, assuntou novas canções e velhas receitas de remédios caseiros. Tão entretido ficou que nem percebeu que ela estava sem jeito, sem nada pra fazer ou dizer. Leila adorava chamar a atenção, quebrar corações, interessar a todos com seu ar misterioso e fatal, não estava fazendo o menor sucesso. Bateu a irritação, cansou de esperar sua vez. Pediu pra irem embora.

Ele segurou sua mão, abraçou. Ela encostou sua cabeça nos seus ombros. Mas a hora certa já tinha passado. Suas peles combinavam, mas suas cabeças andavam em mundos diferentes. Suas bocas se atraíam, mas seus papos os afastavam. O jeito de ser não combinava. Desacertado. Se desafiavam, mas nenhum ganhava a parada, nenhum cedia ou compreendia o que o outro sentia e queria. A magia tinha acabado. O interesse diminuído, evaporado. Ele sabia que seu signo era incompatível com o dela. Ela sabia que ele era muito diferente do homem por quem sonhava. Ainda assim pensou em ficar com ele. Tinha seu charme, mesmo que pruma única noite. Ele não convidou mais, nem tocou no assunto. Ela se irritou. Ele a levou até a porta da sua casa, sem perguntar se queria ir prum outro lugar. Ela ficou furiosa. E nem dava pra sair mais, porque a tia, os primos, a avó saudaram a sua chegada. Quase tocaram fanfarra ao verem Leila tão cedo em casa. Passeio curto, nem duas horas.

Terminou a noitada jogando buraco com a família. Furiosa com Benjamim, com os signos, com os astros, com a dificuldade que os rapazes tinham em perceber o que uma moça queria em cada hora do dia.

SÁBADO

CLÉA

Cléa e Melissa chegaram na praia lá pelas nove horas. Pouca gente ainda, mansidão aos poucos sendo invadida pelo burburinho. Compasso de espera. Melissa logo se juntou com um pessoal que ia surfar. Contentíssima. Cléa nem sabia direito do que é que estava a fim. Não queria ficar deitada na areia, não queria jogar vôlei, muito menos surfar. Nem fazer esforço nem ficar paradona. Bateu a impaciência. Começou a andar. Por quilômetros seguiu as pegadas na areia. Curiosíssima. Inventou uma baita história de suspense. Repentinamente começaram a rarear, desapareceram. Intrigou mais. Perdeu a pista. Não resolveu o mistério, o crime ficou sem final. Deixou pra lá. Chegou na outra ponta, avistou um pacato senhor e seu cachorro. Um grande carinho entre os dois, uma afinidade tão grande que até meio que se pareciam. Narizes afilados, olhos apertados e desconfiados, jeito arisco, pés e patas pra trás. O homem brincava com o cachorro como se fosse uma criança. O cachorro agradava o homem como se ele fosse uma criança. Se entendiam.

Cléa se sentiu de mais naquela intimidade perfeita. Deu bom-dia e se afastou.

Tomou o caminho de volta. Esbarrou numas senhoras aflitas pedindo informações. Não tinha a menor idéia de onde se achava o que procuravam. Lamentou, sorriu, continuou. Recolheu algumas conchinhas, se acercou da beirada e deixou a leve água acariciar seus pés. Acalmou o corpo cansado da longa caminhada, mas não sua vontade de se aventurar e descobrir o que ainda não sabia e nunca experimentara. Se sentiu desprotegida na imensidão. De repente Nelson passou por sua cabeça. Resolveu esquecer a decepção de ontem. Desculpou, descaraminholou. Quis encontrá-lo e se aninhar em seus braços musculosos e protetores. Suspirou.

Chegou na sua praia. O agito era total. Tentou entrar no clima, não conseguiu. Tudo já muito conhecido. Bateu o tédio por tudo sempre se repetir. Passou um pessoal do quiosque, gente supersimpática. Iam até a cachoeira, perguntaram se queria se agrupar. Nunca tinha ido até lá. Topou na hora. Se entusiasmou, o tédio passou.

Andaram bastante. O calor começou a aumentar. Suavam em bicas. Aqui e ali entravam no mar pra se refrescar. Com esforço marchavam sobre a feia e suja areia. Encontraram um vendedor de raspadinha. Foi saudado como um salvador da pátria. Lamberam, passaram pelo rosto e corpo, pernas e braços. Gelo abençoado! Por minutos, pararam de transpirar. O caminho áspero, a belezura da paisagem infinita. Um compensava o outro. Resmungos e risadas, palavrões e poesia. Tudo se misturava. Deram com um riacho, se atiraram n'água. Por inteiro. Só depois de muito se molhar é que foram olhar onde estavam. Uma espécie de prainha se alongando ao lado dos braços do riacho. Lindíssima!

Se deitaram nas faixas de areia e com gravetos um contornou o corpo do outro e em seguida foi contornado. Depois desenharam olhos e bigodes, puseram óculos e seios. Capricharam, debocharam, se estontearam, faziam segredo quando preparavam, faziam mistério quando chegavam com folhas ou pedras. Se espantaram com o que viram. Estranho o próprio contorno marcado e modificado pelo olhar do outro. Cinturas mais finas do que o imaginado, bundas mais arredondadas, pernas mais musculosas, peitos mais estreitos, seios menos pontudos, joelhos ou dedos dos pés destacados. Bem diferente de como cada um se via. Mais revelador do que o espelho. Chacoalhante. Dançaram ao redor de seus corpos desenhados. Foi fantástico!

Resolveram que já era hora de seguir em frente. A cachoeira esperava. Mais alguns quilômetros pela maltratada areia, mais calor e suor, mais resmungos e cantorias, pés inchados e alegria. Não muito longe, imensas árvores se amontoavam. Frescor no ar, penumbra. A claridade do dia lá dentro desaparecia. Se aproximaram, adentraram por uma trilha lamacenta. Plantas de todos os tamanhos, pedras pequenas e ásperas e um som cada vez mais audível de água rolando, cascateando. Aceleraram os passos. Do alto da montanha, a límpida água caía como véus encorpados. Volumosa, barulhenta, transparente, se exibindo em sua boniteza. De baixo, olharam e admiraram. Alguns subiram pra ver onde se iniciava e como começava a despencar. Outros se sentaram nas pedras e seguiam a queda ininterrupta e melodiosa. Alguns buscaram onde ela terminava e se fazia uma piscina natural. Maravilhamento!

Pouco a pouco todos foram da sua água se inundar. Cabelos e pés, seios e bundas, rostos e costas. Por inteiro. Entravam pelos vãos e se alagavam na ducha. Atravessavam os fios d'água como crianças encantadas pela mágica. Mistura de corpo e água, mistura do som da cachoeira com assobios de pássaros, tudo cheirando a mata, cheirando ao começo do mundo. Maior deslumbramento! Se apoiavam nas pedras pra só ouvir a cachoeira, voltavam pra sentir o contato dominador da cascata. Banho frio nos corpos, quentura sensorial. Tudo se completava numa gostosura fascinante.

Alguém lembrou que já era meio tarde e havia muito o que caminhar. Esticaram um pouco mais o prazer. Voltaram sem pressa. Procurando sombra, vento onde desse. Cada árvore uma parada, cada pedra uma descansada.

Cléa caminhava lentamente. Na sua frente, um rapaz caladão. De repente, ele se abaixou e pegou com muito cuidado alguma coisa que viu. Examinou, tirou toda a areia, lavou no mar. Chamou Cléa e lhe deu como presente. Junto com um imenso sorriso. Ela olhou seu cavalo-marinho encantada. Sorriu agradecida. Pegou como um amuleto capaz de receber pedidos especiais e proteger de todas as desgraças. Sinal de boa sorte. Acariciou de levinho, fechou os olhos e pediu pra ter outros momentos tão mágicos e tão bonitos como os que teve na cachoeira. Muitas vezes mais. Sempre que possível. Pediu pra lá voltar especialmente acompanhada. Por um garoto apaixonante. Só pensou no Nelson. Imaginou como seria bom estar com ele. Só os dois no começo do mundo, no começo dum amor. Apertou forte o cavalo-marinho.

Cléa sentiu a claridade diminuir. Olhou pro céu. Nuvens acobertavam o sol. Continuou caminhando pela gravetada areia. Sentiu o vento ventando mais forte. O céu acinzentou, pretejou. Relâmpagos pipocavam e assustavam. Caiu um forte temporal. Cléa abriu os braços pra receber a chuva. Se deliciou. Dançou, rodopiou, rodou corrupio com outro rapaz. Logo todos formavam um cordão que pulava debaixo da chuva numa nova e enlouquecida dança. Sentiam-se primitivos, com os corpos abertos pra tudo receber. Compromisso só com o inesperado prazer. Chegaram no quiosque molhadíssimos e rindo como crianças arteiras e especialmente felizes.

Um pouco antes do pôr-do-sol Cléa saiu do quiosque e foi prum morrinho coberto de grama. Queria ver o crepúsculo de lá. Recostou. Pernas estiradas, mãos apoiadas na dura areia. Vagou seu olhar pelo céu, pelo mar. Não muito longe, poucas e altas pedras chamavam sempre a sua atenção. Passou os olhos, pousou na mais alta. Franziu o olhar. Arrepiou, se benzeu. Torceu pra estar enganada. Fixou o mar. Um garoto escorregou das pedras e caiu no mar. O lugar era perigoso pra natação. Estreito e fundo, correntezas fortes e ondas altas. Correu pra ver melhor o que acontecia. Já perto, viu as mãos do garoto se debaterem, sua cabeça subir e descer e de repente sumir.

Em volta, poucas e aflitas pessoas. Alguém correu pra chamar um salva-vidas. Uma moça se atirou no mar e tentou trazer o corpo do rapaz pra cima. Subia e descia, mergulhava e voltava sempre sozinha. Parou exausta. Juntou gente. Uma lancha se aproximou e pelos gestos e gritos desesperados compreenderam que algo grave acontecia. Manejaram o barco, tentaram fazer com que entrasse naquele estreito pedaço de mar, manobraram como podiam. Nada conseguiram. Um rapaz se atirou da lancha, mergulhou várias vezes até que encontrou o corpo desfalecido. Trouxe à praia. Cléa viu que o héroi era o Nelson, mas nem parou para falar com ele. A aflição era maior do que tudo. Acotovelou, empurrou pessoas e viu o salva-vidas prestando os primeiros socorros, fazendo um desesperado boca-a-boca, batendo com força no peito, movimentando sem parar os braços e a coluna, ajudando a vomitar toda a água tomada. Repetiu mil vezes todos os movimentos. Freneticamente. Nenhuma resposta. Todos seguiam o que ele fazia. Paralisados. Alguém puxou um padre-nosso. Todos acompanharam. Cléa agarrou seu cavalo-marinho. O salva-vidas ficou branco, o garoto azulado. Nada mais a fazer. Já estava morto...

Uma mulher teve um ataque histérico. Duas velhinhas passaram mal. Socorros apressados. Cléa ficou sem fala. Perdeu a cor, perdeu o ar. Era a primeira vez que via a morte de perto. Gelou. Não sabia quem era o afogado, mas chorou como se fosse seu irmão. Sempre se enganava dizendo que os jovens não morriam. Só os muito velhos. Lá estava o corpo do garoto desmentindo. Pensava que se morria no hospital ou na rua por atropelamento, ou tiroteios. Não na praia, lugar de se divertir, de relaxar, de só o bem-bom aproveitar. Quanto mais pensava, mais chorava.

Um médico chegou. Examinou, anotou, deu ordens. Quando cobriram o moleque com um lençol, Cléa viu que o conhecia. Não sabia seu nome, seu endereço, do que gostava ou o que fazia. Só sabia que já tinha visto aquele rosto. Nem tinha certeza se ali na praia ou algum dia, na cidade. Forçou a memória. Nenhuma luz surgiu. Em algum momento saberia quem era. E, por desconhecer um rosto vagamente familiar, mais chorou. Só voltou pra casa de Melissa quando as lágrimas cessaram e os soluços terminaram. Deu um tempo pro rosto desinchar de tanta dor pela morte. Pela desconhecida morte dum desconhecido garoto.

De noite, Melissa insistiu em ir ao barzinho. Pra espantar o baixo-astral. Cléa não queria. Não estava com ânimo pra dançar, pra rir quando alguém da sua idade tinha morrido fazia poucas horas. Melissa fez que entendeu. Puxou papo, acarinhou, tentou alegrar, fez de tudo pra espantar a imensa tristezura da amiga. Chamou pro parquinho, pra sorveteria. Nada de nada. Cléa simplesmente não queria passear. Concordou em dar uma volta mas sem entrar em nenhum lugar. Só andar pra expulsar o susto e a tristeza. Melissa queria se divertir. Finalmente entraram num acordo. Melissa iria ao barzinho, Cléa andaria pela orla até se sentir melhor. Quando quisesse daria um pulo pra encontrar Melissa.

SALVA
VIDAS

Era muito tarde quando passou e só acenou pra amiga, que lá dentro se esbaldava. Veio até o portão, Cléa disse que voltaria pra casa sozinha e de manhã conversariam. Melhor assim, pras duas. Melissa percebeu que não adiantava mais insistir. Agoniada, Cléa continuou andando. Vendo os braços daquele pobre menino se debatendo no mar e avisando que ainda estava vivo. Só que ninguém chegou a tempo... Passou a noite escrevendo páginas e mais páginas sobre tudo isso em seu diário. Chorou.

LEILA

Leila acordou e pegou o jornal depressinha. Virou páginas até encontrar o horóscopo. Leu e releu. Dia favorável a novos encontros e novos conhecimentos. Melhor manter distância de amigos recentes. Respirou aliviada. Exatamente o que tinha resolvido.

Pensou no que queria fazer. No primeiro dia não surfou, não se arrepiou estraçalhando no bodyboard. Melhor recuperar o tempo perdido. Enfiou o biquíni, segurou sua prancha e seus pés-de-pato e foi pruma praia bárbara com ondas superincríveis. Excitada. Avistou as ondas se quebrando convidativas, chamando pra nelas deslizar e pra bem alto subir. Remou apressada até a arrebentação. O mar não estava bravo. A água, gostosíssima. Impaciente esperava as grandes ondas e se atirava pra voltar numa viagem fantástica, por cima da espuma, por dentro da água. A sensação era de estar num outro mundo que ficava dentro do mar. Um outro e maravilhoso mundo! Se sentiu meio sereia, meio pássaro.

Por horas agarrada à prancha, batendo seus pés-de-pato, atravessou ondas, rolou, manobrou, foi envelopada, se colocou certeiramente nos tubos, subiu, desceu, dropou ondas, se assustou, vibrou. Fez tudo que tinha direito, se atreveu na gostosura. Por horas dominou e foi dominada pelo mar. Por horas, ela e as ondas num movimento contínuo e conjunto. Integradas. Riu contentemente excitada. Adorava o equilíbrio e a harmonia que o bodyboard lhe trazia.

Esgotada, voltou à praia. Estendeu a larga toalha, recostou. Cinco minutos depois chegou um grupo de crianças. Resolveram que o melhor lugar pra ficar era bem ao seu lado e começaram um maldito jogo de bola, que vira e mexe caía na sua cabeça. Gritavam como quem viu um E.T. Quanto mais se irritava, melhor sacavam e mais amolavam. Quis matá-los. Uma outra trupe, de menorzinhos, surgiu como um exército equipado com seus baldes e pás e resolveu fazer uma escavação justo naquele pedaço. Quis afogá-los. Mudou de lugar. Esticava sua toalha quando Benjamim apareceu. Mal cumprimentou. Deu um sorriso amarelo, virou de bruços e fingiu que só estava por conta de se amorenar. Ele entendeu o recado e se mandou rapidinho. Astros desfavoráveis. Passou um loirinho vendendo sanduíches naturais. Era o que queria. Comeu animada. Trocou algumas palavras com o molecote, ele se foi, ela de novo se impacientou. Impossível ficar em paz naquele canto da praia. Pra todos os lados farofeiros, jogando comida, sujando a areia, fazendo um barulho infernal. Amaldiçoou quem fazia este tipo de piquenique.

Pensou que o bom de surfar era a liberdade de estar num outro mundo e sozinha. Ser um esporte individual, sem grupos nem equipes. Cada um por si, dando conta do que podia, se divertindo como conseguia, se desafiando a cada nova onda, manobrando como sabia. Sem esta de muita gente junta gritando, fazendo pontos, construindo túneis ou jogando bola na cabeça dos outros. Maior respeito pelo espaço de cada um. Maior respeito pelo que cada um conquistava. Nada de invasão, nada de cortar o barato com barulhos e outros babados bobos. Bufou.

O sol começou a ficar forte. Muito forte. O calor aumentou. Raios batiam no rosto. Pôs os óculos escuros, se virou de bruços, enfiou a cabeça na toalha. Transpirava inteirinha. A areia grudava em seu corpo suado. A sensação do desagradável dominou. Precisava de vento, de sombra, de brisa. Levantou pra procurar. No caminho viu um rapaz deitado, tão avermelhado que mais parecia camarão frito. Mais queimado impossível. Olhou, ele dormia. Ficou com pena. Hesitou, sacudiu devagarinho. Aconselhou a procurar um lugar mais protegido, senão perigava de até uma insolação pegar. O rapaz demorou pra entender.

Acordou bruscamente dum forte sono e só falava alemão. Foi complicada a conversa. Leila fez gestos, mostrou a sua cor, apontou suas pernas queimadas, suas costas vermelhas como pimentão. Compreendeu. Agradeceu e se jogou debaixo dum guarda-sol ali perto plantado.

Leila continuou caminhando pela praia, procurando alguma árvore que desse proteção. Aérea e distraída, nem viu o céu mudar de cor, se acinzentar, pretejar. De repente, alguns relâmpagos. Se assustou, tremeu. Perto, trovões. Se benzeu. Em segundos caiu um temporal violento. Correu e se escondeu num barzinho vazio e tristinho. Ficou conversando com o garçom e com a cozinheira até a chuva passar, disfarçando o nervosismo. Tentando mostrar que tirava de letra. Morria de medo de relâmpagos, tinha pavor de raios, ainda mais no meio da praia, totalmente desprotegida. Só saiu do seu refúgio quando nem mais uma gota caía. Segura.

Leila sentiu vontade de falar com alguém. De conversar fiado, de dizer abobrinhas, de rir de besteiras, de jogar conversa fora. Não estava feliz, não tinha encontrado um carinha legal, não tinha se enamorado. Uma chatice. Tinha poucas horas pra acontecer alguma coisa fantástica. Não queria sair do feriado como chegou. Sozinha, com as mãos abanando. Resolveu ir pro quiosque encontrar a turma.

Lá trombou com os amigos. Ninguém diferente, as mesmas caras de sempre. Altas risadas, altas comilanças. Entrou no clima. Riu, cervejou, comeu patinhas de caranguejos, se lambuzou. Adiou os planos de encontrar o príncipe encantado. Curtiu comer com as mãos, filar umas tragadinhas de algum cigarro, cantar, se embalar num rock irresistível. Melhorou o humor. Se espraiou, praiou, feriadou.

O crepúsculo começou. Leila se afastou do quiosque e foi até um píer. Por longos momentos ficou curtindo a visão tranqüila de barquinhos deslizando, a maré subindo de mansinho, algumas pipas voando pelo ar. Maior calma. De bem com o manso mundo, de bem com a vida boa. Foi longe com o olhar. Não muito adiante algumas pedras reunidas, adentrando pelo mar, formavam um conjunto impressionante. Na parte mais alta da pedra mais alta viu um rapaz, de costas pra ela, que se preparava pra mergulhar. Mãos levantadas, braços inclinados pra frente. Fixava a posição, hesitava, voltava pra trás, se recolhia, meio que se encolhia inteirinho. Leila se concentrou naquela estranha movimentação, naquele ir-e-vir, como se não tivesse certeza se a hora e o lugar eram os melhores pro mergulho tão ensaiado. Finalmente pulou. Leila acompanhou o tão preparado salto. Quase aplaudiu, mas sabendo que não seria ouvida desistiu. Calmamente acompanhou o crepúsculo.

Quando quase anoitecia, saiu da ponta do píer pulando na madeira com um pé só. Aportou na areia e viu rodinhas e mais rodinhas. Cochichos aflitos, nervosismo, mal-estar. Histerias e choros altos. Maior clima. Se aproximou curiosa. Falavam do afogamento de um rapaz, poucos momentos antes. Naquele mesmo lugar. Saltou da pedra para a morte. Leila não acreditou. Perguntou pra várias pessoas. Todas diziam o mesmo e descreviam igualzinho. Quis entender. Voltou até onde estava e viu que o mergulho ensaiado fora o mergulho fatal. Pra ela, parecia exibição. Era medo, angústia de tentar um salto louco e se arrebentar. Ficou furiosa consigo mesma. Distraída com os barquinhos, deixou escapar um momento importante. De onde estava só vira as costas do rapaz. Já tinham levado seu corpo embora. Só sabia que tinha entendido tudo errado. Sempre preocupada com ela mesma. Nunca via o que com os outros acontecia. Precisava parar de só nela pensar. Pra entender também o que os outros queriam. Ainda parou pra ouvir mais e novos comentários. Novas versões sobre o afogamento. Descrições detalhadas. Ficou com vergonha porque se flagrou querendo ter visto a cena do salvamento e da morte. Superemocionante. Voltou pra casa frustrada. Perdeu o acontecimento do dia quando estava bem ali perto. Só que do lado errado.

Leila se banhou, se embelezou. Em segundos o penteado se desfez, tanto calor fazia. Suava. Em casa, as mulheres com bustiês e bermudas largas, os homens sem camisa, as primas pequenas só com calcinhas. Calor infernal. Janela aberta, ventilador ligado, leque da tia emprestado e gotas de suor caíam por seu rosto. Resolveu sair assim mesmo. Melhor passar calor na rua bem acompanhada do que em casa, irritada.

Chegou na pracinha, sentou no chafariz, molhou os dedos, o pescoço, os ombros, o rosto. Sentiu-se melhor! Mais fresca, mais à vontade. Deu um tempo pra ver o que é que pintava. Pares passavam falando do afogamento. Grupinhos berravam versões sobre o acidente e possibilidades de socorro se eles estivessem na hora naquele maldito lugar. Velhos e moços comentavam a triste morte. Astral pesado.

Leila lembrou da ensolarada e perfeita manhã. Resolveu encontrar os surfistas e entrar em outra onda. Agora se sentia mais próxima deles, sem medo de ficar deslocada. Foi pro canto da praia onde marcavam ponto à noite. Como todos, ficou sentada se entregando à harmonia. O calor acabou, a brisa abraçou, a sintonia com o gostoso voltou. Se aproximou da fogueira acesa e entrou nos comentários sobre o dia no mar. Troca de sensações e descobertas, arrepios e invejas, emoção e medos. Leila levantou o olhar como os outros e contou as estrelas. Faiscavam apontando novos caminhos, novas rotas. Nestes astros ela acreditava. Por inteiro. A fogueira tudo aquecia. Mãos, corpos, emoções. Leila suspirou contente. Tinha encontrado sua tribo, agora sabia qual era a sua praia.

Alguém comentou do afogamento. Muitos ainda não sabiam o que tinha acontecido. Uma menina fez um relatório completo. Da queda, da aflição em tentar salvar da morte. Arrepios. Ninguém conhecia o rapaz, nem de vista. Ninguém sabia seu nome, o que fazia, nem qual praia freqüentava. Falaram de manobras malucas, de riscos mal calculados, de não conhecer os segredos do mar. Da necessidade de saber se nortear, encontrar a bússola pelo faro, pressentir o perigo, calcular se dava pra encarar ou melhor desistir e outra oportunidade buscar. Falaram de respeitar as leis do mar. Se soltaram comentando as lindezuras de surfar em mar aberto e os perigos de se atirar de penhascos onde só se travava uma luta entre mergulhador e recifes perigosos. Visões diferentes dum mesmo mar. Mar amigo e mar inimigo. Mar libertador e mar mortal. Mar como vida amado e mar como túmulo encontrado.

Leila mais ouviu do que falou. Concordou, discordou, pensou. Brincou com os pés nus na morna areia. Esquentou as mãos nas chamas da fogueira. Se aqueceu, se incendiou. Alguns começaram a dançar um frenético reggae. Leila aderiu. Corpos bronzeados e bem torneados se exibindo em passos inventados e insinuantes. Corpos encontrando corpos, passos seguindo passos, saltos distanciando e reaproximando. Uma festa! Leila enfeitou seus cabelos com flores. Ficou ainda mais sedutora. Sinuosa, entrou na roda e dançou sem parar. Incansável, solta, sensual. Bill, um dos loiros gatos, se engraçou. Ela com ele se enroscou. Passos, ombros, sorrisos, quadris. Um se mostrava atraente pro outro. Um se afastava, o outro se aproximava, um parava e o outro girava, um balançava os braços, o outro a cintura. Uma bela dança. Atração e sedução. Foram aplaudidos quando terminou. Continuaram numa próxima e na seguinte. Gestos cada vez mais audaciosos, braços cada vez mais próximos, pernas quase se enlaçando. Surgiu o primeiro beijo no meio dum estoteante passo. Outro, num compasso mais vagaroso. Olho no olho, mãos nas mãos.

Leila e Bill se enlaçaram e foram caminhando pruma parte deserta da praia. Seguindo o rumo das estrelas. Passos apressados, abraços, paradas pra beijos prolongados, mãos dispostas a melhor conhecer o corpo do outro. Se sentiam sobre as ondas. Livres e ávidos como na arrebentação. Se deixaram tomar pelo sabor de seus corpos. Queriam mais se saber. Se souberam.

Um acariciou o corpo do outro. Um beijou o corpo do outro. Com vontade de logo ficarem juntos, um dentro do outro. Foi muito rápido, apressado, desajeitado. Bateu a decepção. Logo recomeçaram os abraços, os beijos querentes e buscantes. Percorreram territórios inexplorados. Sem pudor e com muito ardor. Dançaram ainda mais bonito do que o reggae, foram mais longe do que na arrebentação. Subiam e desciam em movimentos audaciosos, contínuos e conjuntos guiados pelas estrelas e iluminados pela intensa lua cheia. A segunda vez foi melhor do que a primeira. Muito melhor! Se disseram isto sem palavras. Só com gestos carinhosos. Foi linda a descoberta e terno o adeus. Bill acompanhou Leila, que entrou em casa radiantemente enluarada.

NELSON

Deu nove horas, Nelson e Ney foram pro ancoradouro. A turma de prontidão. Dispostos a desfrutar mais um dia sensacional! Subiram a bordo no maior entusiasmo. Gritinhos, empurra-empurra, disputa pelo melhor lugar. Ney anunciou a rota até uma ilha paradisíaca, meio distante, onde só se chegava de barco ou helicóptero. Com voz debochada, aconselhou aproveitar bem o passeio. Talvez não tivessem logo uma nova chance de por lá passear. Deu raiva. Não tinham barco, mas aquele não era o único que conheciam, nem a primeira vez na vida que partiam em lanchas. Uma das garotas contou com detalhes os dias chiquérrimos que passou num iate cruzando mares e baías. Esnobou com categoria. Ney engoliu a grosseria. Meio sem graça sacou a cafajestada. Sorriu, contou uma piada, quebrou o clima pesado. Ligou o motor satisfeito. Nelson não estava a fim de conduzir a lancha. Pretendia esquiar. Conferiu o equipamento, testou a resistência, deu uma geral. Tudo em cima. Assobiando entrou no barco.

Quando estavam bem distantes da terra, Nelson se preparou pro passeio sonhado. Equilibrado nos esquis, músculos controlados, sentia a velocidade vertiginosa. Segurava com força as cordas e se deixava levar. Fantástica sensação de ser o dono do mundo, deslizando sobre a superfície. Poderoso! Ney manobrava o barco fazendo curvas difíceis e repentinas. Nelson caiu várias vezes, submergiu, nadou, retornou, retomou as rédeas, seguiu em frente. Corpo molhado, pés e pernas buscando o exigente equilíbrio, cabelos batendo no rosto, braços tensionados. Uma estátua em movimento. Ele, o vento, o sol e a água ligados numa só inteireza. Plenitude!

Na ilha, relaxou. Se jogou na areia, respirou, restaurou. A intensa luz cegava, impedia de mais pra cima olhar. A claridade ofuscava. O mar azulado, verdejante, convidava ao mergulho. Deixou pra depois. Deu um tempo pra nenhum esforço fazer. Agora, era todo areia que passava por seus dedos e esfarelava no chão, salpicava seus braços e pernas musculosos. Riu como um garotinho feliz. Entrou no barco, pegou a vara e muitas iscas. Foi até o cais e esperou pacientemente um peixe grande. Pescou, levou pra dona da cabana, que temperou e assou. Varado de fome, se regalou.

Ney e os amigos foram explorar outras praias, voltear a ensolarada e colorida ilha. Nelson ficou sozinho. Imaginou como seria bom estar com Leila lá juntinho. Tremeu de excitação. A cabeça fervilhou. Cenas de total agarramento. Ficou uma fera porque não a procurou, não a convidou. Fingia tirar tudo de letra, mas mor-

ria de covardia, de ouvir um sonoro *não*. Bem feito pra ele. Estava totalmente sozinho numa ilha de sonhos. Pior, só o Robinson Crusoé. E nem o Sexta-Feira aparecia pra fazer companhia. Continuou pensando em Leila ao seu lado. Talvez, ela não topasse o passeio. Tinha jeito de ser cheia de nove-horas, de não-me-toques. Tipo carregava cartazes dizendo: "Atenção, zona proibida", "Não ultrapasse nas curvas", "Proibido o estacionamento". Com certeza era virgem. O que menos queria naquela hora era uma virgem ao seu lado. Ainda mais virgem de carteirinha. Colocou Leila de escanteio.

O calor sufocava, entorpecia. Jogou um balde de água fria na cabeça. Pouco melhorou. Viu uma rede convidativa. Perguntou à dona da cabana se nela poderia ficar. A simpática senhora só sorriu. Nelson deitou esparramado, molengo. A rede balançava e embalava suavemente, ritmadamente. O sono bateu, adormeceu.

A volta começou alegre. Cantorias, mãos dadas, cervejas e Cocas, rock rolando solto no gravador. Por muito tempo Nelson capitaneou calmamente. De vez em quando ousava uma manobra mais arrojada. Tentava, testava, torcia para conseguir. Quase sempre se deu bem. Se sentia o condutor do mundo. O que leva e traz duma ilha deserta para uma praia repleta.

Quando já estavam quase chegando, viram algumas pessoas fazendo gestos desesperados, sinais, lenços tremulando, gritos incompreensíveis. Rapidamente avaliaram, avizinharam. Conseguiram ouvir algo como "Homem ao mar". Desesperadamente tentaram se aproximar mais do lugar. Difícil o acesso, difícil passar pelos arrecifes pontiagudos e estreitos. Ney tomou o leme. Capitaneou com competência. Acercou, adentrou, quase bateu, girou. Era todo concentração, todo atenção pra cada mínimo detalhe. Ondas imensas batiam na lancha. As garotas entraram em pânico. Gritavam sem parar. Medo de se estilhaçar, medo de não chegar, medo de serem engolidas pelas violentas ondas.

Ney manobrou, desviou, conseguiu se aproximar. O vento soprava forte, as ondas subiam alto e batiam nas pedras, a espuma impedia a visibilidade. Quando viu que não conseguiria mesmo chegar mais perto, se desesperou. Nelson sentiu o drama. Nem pestanejou. Se atirou na proa e mergulhou. Desceu e subiu várias vezes pra respirar. Cada nova subida, um novo desapontamento.

Cada descida, uma nova esperança. Nadou contra a correnteza, se esfolou nas pedras, perdeu a confiança, recobrou. No barco, todos torciam. Nelson, exausto, mergulhou mais uma vez. Dessa vez conseguiu achar o quase afogado. Trouxe pra cima com dificuldade e o levou pra praia, quase abraçado. Carregou em seus braços até a areia e lá o deitou.

Chegou um salva-vidas, que de tudo tentou. Fez boca-a-boca, exercícios pra movimentar toda a rígida articulação, forçou a expelir a água engolida. Nelson acompanhava cada movimento, cada desistida, cada nova investida. Aumentou a aflição. Era pura tensão. Não tirava os olhos do salva-vidas nem do rapaz. Viu que empalidecia, se imobilizava, azulou. Viu a tristeza no olhar do salva-vidas. Não saiu do seu lugar. Esperava uma boa nova que sabia que não viria. Mas se recusava a acreditar no que acontecera. O médico chegou, examinou, abaixou a cabeça, mandou cobrir o rapaz com o lençol. Entendeu o que não queria entender. O garoto estava morto. Se sentiu morrer um pouquinho também. Tanto fez pra salvá-lo que se sentia responsável. Se tivesse achado o corpo antes, se tivesse mergulhado com maior velocidade, se fosse melhor nadador, se não parasse tantas vezes pra recobrar o fôlego, se não subisse tantas vezes pra respirar, se agüentasse mais tempo lá embaixo, teria salvo o menino. Se sentiu culpado. Se sentiu incompetente.

Na praia foi saudado como héroi por todos que ali estavam. Elogiavam sua coragem, seu sangue-frio, sua incansável procura. Agradeceu rapidamente. Não achava que era nada daquilo. Não tinha conseguido salvar o garoto e isto era tudo que importava. Bateu a angústia e a tristezura. Tremeu.

Nelson chegou em casa esgotado e frustrado. O calor aumentara. Não queria papo com o Ney, que conseguiria salvar o menino se fosse ele o mergulhador. Na maior certeza. Foi tomar um banho gelado pra espantar o calor e o mal-estar. Colocou uma sunga, foi pra sala. Abriu as janelas e deu com a familiar vista deslumbrante. Pela primeira vez viu o mar traiçoeiro, desleal, inimigo. O mar que carregava pra morte. Arrepiou.

Foi pra varanda. Deitou numa espreguiçadeira e pensou em tudo que acontecera. Detalhe por detalhe, ação por ação. Relembrou seus saltos, suas braçadas desesperadas procurando o corpo, as algas que grudaram em suas pernas, a desviada de pedras pequeninamente perigosas, a falta de ar, o esforço para resistir no fundo profundo, os enganos com objetos que tinha encontrado, segurado e abandonado. Fumava nervosamente, um cigarro após o outro. Todo ansiedade, todo perplexidade. Nunca vira a morte de perto, nunca em seus braços. Relembrou da sensação horrível de trazer pra terra um corpo sufocado, semilargado, sem forças. Lembrou que imaginava que trazia pra vida e não pruma confirmação da morte. Pensou em procurar os pais do rapaz, desistiu. Não sabia se agradeceriam o seu esforço ou se o condenariam por não ter sido mais rápido, mais eficiente. Se sentiu um zero, um ninguém. Chorou.

Ney chegou e elogiou seu esforço empenhado, suas inúmeras tentativas. Corou. Se sentiu apoiado, menos fracassado. Ney disse que jamais faria tudo que Nelson fizera. Não tentaria tantas vezes, desistiria quando estivesse sem fôlego e sem expectativas. Nelson não acreditou no que ouvia. Se sentia um zero e ganhava nota dez do mais implicante dos homens. Talvez tivesse dado mesmo tudo que era possível. Ou quase tudo. Talvez o garoto já estivesse morto quando conseguiram trazer o barco pro lugar certo, quando começou a mergulhar.

Ney lembrou que já tinham visto o garoto. Na quinta-feira, à noite. Aquele que quase atropelaram, tamanha a sua bebedeira, que nem entendeu o que por um triz não aconteceu. O que puseram de pé na calçada, antes de irem pro racha. Nelson reviu a cena. Conhecia o moleque de vista e de fama. Acompanhava suas brigas e porres. Estremeceu. Sabia agora, com certeza, quem ele era. Angustiou.

A brisa chegou, com ela um ventinho ligeiro e ameno. O corpo se abriu pro vento, a cabeça também começou a ventar. Rodamoinhou. A canseira baixou. Cochilou na espreguiçadeira. Sonhou com o garoto se afogando, morrendo, gritando por socorro. Acordou assustado e de novo agoniado. Aflitíssimo.

De noite Nelson foi ao barzinho simpático. Já fazia parte de seu roteiro pruma noitada na praia. Tinha incorporado a sua paisagem. Precisava de um tempo, de uma alegre respirada. Quando entrou, foi aplaudido. Saudado como herói do dia. Encomendaram um Campari pra ele, fizeram questão de pagar e brindaram com discursos entusiasmados. Inchou de orgulho misturado com a maior sem-gracice. Repetiu a história mil vezes, pra cada um que chegava. Queriam detalhes. Do barco, do salvamento, das sensações. Perguntas e mais perguntas. Curiosidade mórbida e medrosa pelo desconhecido e definitivo. Nelson era todo tensão atenta. Fumou desbragadamente, contou detalhes, inventou lances, dividiu glórias, desviou do susto e da dor da morte. Achou que entre seus ouvintes estaria Leila, boquiaberta e aplauditiva. Encompridou o olhar pra trombar com o dela. Não a viu em lugar nenhum. Segurou a decepção. Queria se mostrar herói pra ela. Mais um ponto perdido. Outra chance igual não teria.

A fadiga bateu forte. Estava extenuado. Saiu cedo, só pensando em dormir, em nada mais fazer. Quando se despediu o barzinho fervilhava, todo promessa de muito pra acontecer. Não queria que mais nada acontecesse. Muito menos que Leila surgisse delumbrante naquela hora. Tarde demais. Agora só queria cair na cama e acordar quando toda a canseira desaparecesse. Exaustão igual nunca tinha experimentado. Estava um trapo, um traste. Profundamente infeliz. Nem caminhar até sua casa conseguiria. Pegou um táxi.

DAVID

David acordou às cinco horas. Excitado com o encontro com Joana. Colocou sua sunga cinza, caprichou na escolha da camiseta, limpou o tênis. Ficou horas na frente do espelho. Se achou horrível, magro, sem graça, comprido demais. Uma lástima! Tão atraente quanto um peixe-espada... Pôs os cabelos pra frente, despenteou, passou gel, lavou, deixou como eram. Morreu de raiva da sua aparência. Amaldiçoou não ter ainda barba pra fazer nem bigode pra aparar. Se sentiu um moleque. Jovem demais pra interessar uma mulher como Joana. Pensou em desistir de ir ao lugar combinado. Dar o cano e pronto. Bateu a dúvida. Quem disse que ela iria? Talvez falasse por falar, só pra ser gentil e se livrar logo dele. Quem disse "Encontro marcado" foi ele, não ela. Vai ver que nem apareceria ou nem desse pela falta dele, toda derretida pro sol ou prum homem mais velho, charmoso, sabendo das coisas. Bateu a infelicidade. Quis ter vinte e cinco ou trinta anos e não aqueles poucos dezesseis que tinha.

Cansou de tanta choramingação. Melhor enfrentar o dia, ver o que acontecia e como acontecia. Parou num canto deserto da praia e fez exercícios como nunca fizera. Fez mais de cem flexões e se sentiu capaz de movimentos incríveis. Caprichou nos bíceps, se sentiu mais musculoso, mais másculo. Contraiu o abdômen sem parar e se sentiu mais viril, mais vigoroso. Tentou relaxar, não conseguiu. Saiu correndo até o lugar do encontro. Chegou cansado e suado. Ela não estava lá. Respirou, recuperou o fôlego. Sentou e esperou. Nada de Joana. Olhou o sol e viu que era cedíssimo. Talvez sete da manhã. Nadou pra diminuir a excitação. Ficou horas no mar gelado. Se acalmou. Voltou pro cantinho, nada dela. Saiu à procura de conchinhas pra presentear quando chegasse. Caminhou quilômetros, encontrou algumas, jogou fora, ficou apenas com uma, a mais bela de todas. Voltou pro lugar do encontro. Nada de Joana. Desanimou. Fechou os olhos pra deixar a tristezura passar sem dar bandeira. Se sentiu humilhado, desprezado. Levar um cano completo e duma coroa... Desaforo. Sufocou de tanta indignação.

Quando abriu os olhos, lá estava ela. Lindíssima! Se aproximou sorridente. David sentiu o coração bater apressado. Controlou seu impulso de levantar e lhe dar um beijo na boca. Ela esticou sua toalha perto dele. Começaram a conversar sobre a praia, o sol, o bom tempo. Coisas assim. Ela se levantou prum rápido mergulho antes de se estirar pra se amorenar. David seguiu com o olhar. Devorou da cabeça aos pés. Ela nadou, acenou, desapareceu, apareceu pulando uma onda. David sem desgrudar o olho. Vidrado. Ela voltou pisando na areia na ponta dos pés. Enxugou seus cabelos sem pressa, pressionando de levinho, se estendeu e começou a passar o filtro solar. David segurava o desejo. Estava um feixe de nervos. Ela pediu pra ele passar a loção em suas costas, como ontem. Ele caprichou e acarinhou cada centímetro. Sorriram um pro outro e ao mesmo tempo. David sentiu o coração bater mais forte.

De repente os olhos se cruzaram. Ela não desviou, encarou. Ele com os cinzentos olhos tudo pedia. Ela levantou a nuca, meio oferecida, meio topando. Ele hesitou, com medo de ter entendido o sinal errado. Ela aproximou o rosto. Ele tocou o dela. Se beijaram. O primeiro beijo se juntou ao segundo e foi arrepiante. Nada que David já tivesse experimentado. Bocas, línguas, saliva, dentes, tudo misturado. Ela experiente, ele querente. O encontro foi explosivo. Veio um terceiro, um quinto, um sétimo. Beijos cada vez mais atrevidos, mais ousados. As mãos passavam pelos corpos. Ele acariciava os ombros dela, ela as costas dele. Ela começou a acarinhar o seu rosto, seu pescoço, sua coluna com suas longas unhas. Ele arrepiou. Ela sentiu e continuou. Ele se deixou levar pelo desconhecido prazer. Ela colocou sua língua na orelha dele. Ele pensou que iria desmaiar de tanta languidão. De repente, entendeu e começou a fazer nela as carícias que ela fazia nele. Foi como fogos de artifício arrebentando. Se olharam derretidos, derretentes. Ela convidou David pra ir em sua casa. Ele alucinou de contentamento. Ela perguntou se ele tinha camisinhas. Ele corou e quis se matar de envergonhada raiva. Sempre carregava uma e nunca tinha usado. Justo hoje, tinha esquecido. Coisa de moleque apalermado. Gaguejou desculpas, avisou que ia comprar na farmácia. Ela esperou. Em minutos estava de volta. Ofegante, arquejante, mal acreditando no que ia acontecer. Ela já tinha recolhido suas coisas. Nem sentaram. Apressados, foram embora.

Na casa dela foi entrar e a sem-gracice baixar. A timidez tomou conta, David paralisou. Não sabia onde se enfiava, o que deveria fazer. Sentou numa poltrona. Ela se acomodou no seu colo. Beijos, abraços, mordidinhas, cafunés, línguas e mãos cruzando pelos corpos. Ela o segurou pela mão e o levou pra cama. Deitou, o chamou. Ele deitou também. Ela, toda nua, tirou a sunga dele. Recomeçaram as carícias. Ela ensinava tudo. Movimentos, paradas, recomeços, áreas excitantes, outras posições. Ele enlouqueceu de prazer. Gritava e gemia Joana, Joana, Joana. Quando terminaram foi carinhoso e bonito. Suaves beijos, mãos entrelaçadas, ela com o rosto em seu colo, ele afagando seus cabelos.

Ela preparou uns camarões, serviu sucos. Bebericaram, comeram, namoraram. Se olharam intensamente, o desejo surgiu de novo. Exigente, impaciente. Recomeçaram as carícias, a lenta preparação. Ela manobrava, conduzia com sabedoria, inventava

mudanças, atiçava seu desejo, exigia mais rapidez ou menos pressa. Foi perfeito. David saiu da casa de Joana quase de tardinha. Se beijaram carinhosamente, disseram um meigo "Até amanhã". Na mesma hora, no mesmo lugar.

David pulava pelas ruas. Estourava de felicidade. Finalmente tinha deixado de ser virgem!!! E com uma mulher maravilhosa! Melhor começo, impossível! Tinha sido tudo perfeito. Nunca imaginara que pudesse ser tão sensacional, tão bom. Os livros pouco diziam do fantástico que era. Os filmes pouco mostravam da delícia que era. Os amigos mal contavam do que experimentaram ou mesmo mal experimentaram. Não saberia descrever todo o maravilhamento vivido, toda a paixão em cada poro sentida. Queria mais, muito mais. Mais vezes com Joana. Logo! Já!! Sempre!!!

Caiu o maior temporal. David dançou na chuva. Dançou a dança do fogo, da paixão, da descoberta, da maioridade. Nunca tinha sentido emoção igual.

Chegou em casa de tardinha. Tomou o maior banho frio pra espantar o calor. Se ensaboou devagarinho, curtindo o corpo que tanto prazer lhe dera. Se enxugou sem pressa. Parou na frente do espelho. Pela primeira vez na sua vida não se achou sem graça, desproporcionado, magrelo e comprido demais. Examinou partes que nunca tinha reparado direito. Sorriu meio envaidecido. Joana tinha curtido acariciar cada músculo, cada pelinho ainda começando a aparecer. Joana tinha feito dele um ginasta, um acrobata. Sorriu com as lembranças. Gostou de ter se preparado com tantos exercícios pro encontro. Nem desconfiava como eram úteis. Estava em forma, deu de tudo. E como recebeu! A excitação voltou, o calor aumentou. Passou gelo no rosto. Melhorou. Foi pro quarto. Ligou o ventilador, espichou na cama e dormiu. Exausto!

Bem mais tarde foi acordado por Benjamim. Já era de noite, o primo estava louco pra contar as novidades. Detalhou o afogamento na ponta da praia. David se assustou. Com o acidente, com a morte dum garoto da sua idade. Sabia que estas coisas aconteciam, mas se recusava a acreditar quando aconteciam de verdade, bem próximo dele. Quis saber mais. Benjamim contou tudo o que ouviu, o que soube por terceiros, o tititi pela praia e ruas.

A tia chegou trazendo as últimas novidades. Já sabia tudo sobre o garoto afogado. Tinha quinze anos, vivia de porre, era metido a valentão, sempre criando casos e se metendo em confusões. Um problema pra coitada da mãe, que sofria o que não merecia. Coitadinha, uma boa mulher. Conhecia da padaria, da farmácia, ia passar logo lá, fazer uma visitinha, dar seus pêsames, oferecer seus préstimos. Achava que os dois deveriam ir também. Todos juntos. Um mínimo de educação, de gentileza, numa hora tão sofrida. Logo depois do jantar todos iriam. Decidido.

David e Benjamim se vestiram com cuidado. Coisa séria, roupa séria. Caminharam meio sem graça pelo tipo de visita e curiosíssimos pra saber quem é que tinha morrido. Na casa, uma tristeza só. O pai, num canto, nem se mexia. Imóvel, mudo. A mãe chorava sem parar. De vez em quando gritava alguma coisa sobre seus sofrimentos e as injustiças deste mundo. De tudo deu pra ele. Recebeu um suicídio. Espanto geral. Mostrou o bilhete do filho.

Num papel comum, algumas linhas. Dizia que não queria mais nada, nem esperava mais nada da vida. Não estava bêbado naquela hora em que escrevia o bilhete. Estava sóbrio e sabia o que fazia, sabia o que queria. Naquela tarde se mataria e seria no mar. Não suportava mais tanta infelicidade, nem uma vida tão besta, tão sem sentido. Não tinha amigos, não tinha namorada, ninguém gostava mesmo dele. Só chegava perto das pessoas pra brigar, não pra conversar. Não se interessava pela escola, muito menos por um trabalho ou ofício. Vivia de porre pra poder agüentar toda esta barra. Não suportava mais nada, nem ninguém. Nem lembrava da última vez que tinha rido, brincado, se soltado. Tudo era pesado, difícil. Só via o caminho da morte. Nenhum outro mais. Pedia que os pais compreendessem e o desculpassem. Demorou pra tomar a resolução, mas estava tomada. Nada mais o faria mudar de idéia. Estava a caminho do mar, à procura do fim.

David e Benjamim leram o bilhete. Se arrepiaram. Releram. Compreenderam sem bem compreender. Alguém que deseja a morte aos quinze anos, que não vê nenhum futuro, não curte o presente, não tem boa lembrança do passado, é muito forte. Muito duro. Pobre garoto, como deveria ser infeliz. Não tinha despencado do penhasco por perder o equilíbrio. Tinha se jogado sabendo o que fazia. Não tinha escorregado, mergulhara. Não adiantava ninguém querer salvá-lo. Estava resolvido a morrer. Saltou para o que procurava. Não o abraço do mar, mas seu próprio fim.

Olharam pela casa. Numa mesa, um porta-retratos. Nele, uma foto dum garoto. David se aproximou curioso. Olhou a foto, emudeceu. Reviu, se certificou. Não quis acreditar. Até aquele momento, achava que nunca tinha visto o afogado. Agora sabia que o conhecia. Era o garoto da briga no quiosque. O que estava bêbado, o que tinha golpeado e jogado a garrafa no rosto do grandão, o que não tinha entendido nada daquela sangreira que provocara, o que tinha sido levado pela polícia aos gritos e murros. Mostrou pra Benjamim, que se lembrou do seu porre federal, na quinta-feira de noite, quando xingava o mundo e as pessoas num barzinho fuleiro. O sufoco pegou os dois. Imenso.

Estavam se despedindo quando o grandão chegou. Esparadrapo por todo o rosto, curativo grande na testa. Abraçou o pai do garoto e começou a chorar. Soluçava. De vez em quando dizia não acreditar, não se conformar. Era seu melhor amigo, quase um irmão, e ele não tinha sacado que estava por um fio, que o desespero já era maior do que tudo. Entre eles tudo era gozação, sarro, trotes, pancadarias. Queriam amolar os outros, não serem amolados. Este era seu lema. Nunca pensara que nada assim pudesse acontecer. Mau humor, chateação, zanga no máximo. Não o fim de tudo. Se agarrou no colo do pai do garoto. Inconsoláveis. Os dois.

Chegaram no barzinho com cara de enterro. Nas mesas, só se falava do acidente. Sentaram, escutaram. Perguntaram pelo Nelson, mas ele tinha acabado de ir embora. Cansadíssimo. David arregalou seus olhos cinzentos e mostrou preocupação. Todos olharam atentos. Pigarreou, começou a falar, gaguejou. Finalmente, conseguiu dizer o que queria. Acabara de saber pela própria mãe do garoto. Não tinha sido afogamento e sim suicídio. Não foi por acaso, foi de caso pensado. Perguntas sem parar, de todas as bocas. David contou o que sabia. Tinha lido a carta de despedida. Uma carta de quem tinha resolvido que aquele era o caminho. Um sofrimento só. Pasmo geral. Como alguém acaba com a própria vida aos quinze anos?? Por que tais coisas aconteciam? O que girava na cabeça e que cabeça era esta?? Morrer era terrível, era o fim de tudo. Se preparar pra morrer, um sofrimento. Agora, querer morrer não dava pra entender. E se matar em público, no meio da praia, com gente olhando e alguns, como o Nelson, quase se afogando pra tentar salvá-lo. Absurdo, sem cabimento, incompreensível. Não teria escrito a carta pra tirar sarro, fazer alguma ameaça, sem querer mesmo fazer o que tinha escrito?? Será que não tinha mudado de idéia na última hora, escorregado do penhasco, e tinha sido tudo um azar, um acidente?? Ninguém sabia a verdadeira resposta. Ninguém nunca tiraria esta dúvida. O silêncio se fez. Aumentou. Nenhuma voz se ouvia, nenhuma mexida da cadeira ou assobio acompanhava a canção que a banda tocava. Baixo-astral geral.

No meio daquele baita silêncio, David resolveu terminar a história. Contar quem era o garoto. O do porre, da garrafada e da briga feia de ontem de tardinha no quiosque. O que tinha sido levado pela polícia para a delegacia. Todos lembraram. Comentaram que vivia bêbado. Bebia com valentia, não escolhia sabor. Era álcool, tomava. Sem parar, desde manhã. Todos já tinham visto seus porres pela praia, ruas, pracinha, até na sorveteria. Nos barzinhos, era sempre um vexame. Entrava em ziguezague, falava alto, xingava, entornava, enrolava palavras e frases, vomitava, dormia no chão, provocava brigas, sempre aprontando um escândalo, uma baixaria. Não dava pra encarar, pra se aproximar. A única vontade era se mandar. Alguém lembrou que tudo isso era sinal duma baita infelicidade, só que ninguém nunca dera bola. Tinham acabado de confessar. Muitos levantaram os ombros dizendo que mal o conheciam. Nem o seu nome sabiam. Uma garota disse que tudo isso só demonstrava como queria chamar a atenção. Chamava, só que ao contrário. Não conseguia com tudo isso se enturmar, só se afastar. Ninguém se conformava. O garoto tinha a idade deles, era mais moço do que alguns que estavam lá sentados. Nunca mais o veriam, nunca mais teriam outra chance de lhe dar alguma atenção, de de algum jeito ajudar.

Todos afastaram os copos com bebida alcoólica. Pediram refrigerantes, água mineral. Ninguém levantou pra dançar. Meio que ficaram de luto do jeito que podiam no lugar que estavam. Espantados e assustados. Com medo que vivessem, um dia, alguma coisa parecida. Que pirassem, que perdessem a noção do que importava, que vivessem tão mal que melhor era acabar com a própria vida. Não queriam um fim tão triste pra eles mesmos. Não queriam viver nem um minuto como aquele garoto viveu. Sofrendo. Atormentado e atormentando. De lado no mundo, de costas pras pessoas, de frente pro nada.

David demorou pra sair do clima geral. Conseguiu, quando pensou em Joana. Amoleceu, arrepiou, tremeu. Se despediu de todo mundo e deixou Benjamim no barzinho. Queria dormir cedo, dormir logo pra logo chegar a nova manhã. Pensou no sorriso dela, iluminou. Olhou a lua iluminada. Estava longe da morte. Vivia a paixão!

DOMINGO

NELSON

Nelson acordou e pegou o telefone pra responder os dois recados. Os dois contando que o garoto se matara. Foi suicídio, não afogamento. Certeza absoluta. Os pais dele já tinham subido a serra pra tratar do enterro. Respirou fundo. Não adiantaria nada ter se esforçado mais. Não foi falha sua, era resolução. Aliviou, aproveitou e decretou a libertação dos escravos. Estava cheio das mandonices do Ney. Não queria morrer de raiva. Ficaria sozinho, fazendo o que desse na telha, vendo o que pintava. Sozinho por sozinho, melhor arriscando a encontrar algum amigo. Largava mão do amado barco. Queria curtir um dia totalmente fantástico!

Avisou pro irmão que iria surfar, procurar outra tribo. Ney não deu bola, nem fez o esperado escândalo. Nelson se decepcionou com a sem-gracice da reação. Ney informou que pretendia pegar a estrada lá pelas dezoito horas. Não queria dirigir com congestionamento. Esperava que o caçula chegasse em casa a tempo. Na hora marcada.

Nelson vestiu sua roupa preta de borracha. Alinhadérrima. Se olhou no espelho, aprovou. Alto, chamava a atenção. Corpo de quem fazia exercícios, pernas e braços musculosos, peito e ombros bem largos. Tinha seu charme. Pena os pés tão feios, os dedos da mão magricelos, o nariz imenso, o cabelo precisando de um corte transado. Paciência. Pegou sua prancha linda, leve, lixada. Acariciou. Era todo contenteza. Aproveitou uma carona do Ney até a praia com as melhores ondas do pedaço. Chegou, admirou o mar, bateu a inveja de algumas manobras perfeitas, se preparou pra entrar n'água.

Entrou no mar confiante. Se deitou na prancha e remou até o pico esperando as grandes e arrebatadas ondas. De tudo aconteceu. Mergulhou, escorregou, sumiu debaixo da avalanche, subiu de novo, atravessou, equilibrou, enrolou, deslizou, rodopiou com os braços, se apoiou nos dedos dos pés, voou. Pura maravilha! Cada nova onda, uma nova e diferente sensação. Arrepiante viagem, total integração com as ondas. Atento às leis do mar, num respeito sagrado ao que elas ordenavam.

De tudo experimentou. Deslizou de pé, inclinou, virou e voltou pra espuma das ondas, manobrou, estolou, caiu, se colocou na parede da onda. Cada tentativa, uma nova conquista! Cada deslizada, uma outra viagem. Fez força, usou de equílibrio, garra e raça. Radicalizou. Adorava a sensação fantástica que o surfe dava. Única, incomparável!

Voltou à areia pra descansar, pra lembrar de cada onda atravessada, de cada deslizada emocionante. Deixou a tranqüilidade chegar. Sentou na areia, brincou com os grãos. Passou uma loirinha vendendo sanduíches naturais. Comprou, comeu, se sentiu saudável. Se aproximou uma turminha disposta a um quebra-pau porque seu pedaço tinha sido invadido por gentinha. Provocação em cima de provocação. Deu uma geral. Eram sete, ele sozinho. Superagressivos, prontos pro ataque com quem topasse. Massacre na certa. Nelson odiava estes grupelhos nazistas, sempre ameaçados pela chegada de alguém, sempre ameaçando quem perto deles chegasse. Sempre querendo resolver na força o que nem problema era. Inventavam o problema pra justificar a pancadaria enfurecida. Uma de horror! Não quis papo, nem confronto. Se afastou. Engolindo a raiva por nada poder fazer. Brigar seria apanhar. Se mandar, maior covardia. Dar bola, uma besteira. Entrar na deles, um atraso de vida. Pegou sua prancha, contou até vinte e cinco, levantou e começou a ir calmamente pra mais adiante. Ouviu xingos, se fez de surdo. Ouviu vaias, fez que não sabia pra quem eram. Segurou os passos, caminhou na mesma controlada marcha. Superincomodado, superdividido. Se sentindo ridiculamente covarde.

Numa encosta encontrou Leila junto com amigos. Sentou perto, puxou papo, entrou na animada conversa. Trocavam sensações, informações sobre os picos e ondas, conquistas de novos pontos de apoio nas pranchas, deslumbramentos vividos. Por muito tempo ficaram largados na areia trocando figurinhas, admirando o céu e o mar, chamando pra perto quem do mar voltava. Eram tão natureza quanto a areia, as pedras, as plantas que por ali sombreavam. Inteiramente integrados.

Leila quis ir de novo pro mar pra mais desfrutar o bodyboard. Nelson rapidamente levantou pra ir junto. Pegaram suas pranchas, ela seus pés-de-pato. Apostaram corrida até a beira. Sorriam excitados. Rindo, nadaram até a arrebentação. Por muito tempo surfaram próximos, lado a lado. Manobraram, deslizaram, se colocaram na parede da onda, vibraram, se assustaram, perderam o equilíbrio, recuperaram. Foi fantástico! Nelson admirava a coragem de Leila. Leila estava embasbacada com a perícia de Nelson. Meio que se atiçavam pra encarar cada novo desafio, meio que se aplaudiam a cada conquista bem-feita. Se estimulavam, se superavam, se espantavam. Maior energia. Ela cansou, voltou pra areia. Ele ainda ficou na arrebentação curtindo tudo que pintava. Veloz, leve, solto. Feliz! Quando saiu do mar, Leila estava rodeada de gente.

Nelson se amolou. Pretendia passar a tarde com ela. Os dois e o mar. Viu, lá em cima, uma barraquinha de sucos de frutas, espremidas na hora. Chamou Leila para tomar um. Ela gulosamente tomou, gostou… e voltou pra junto do bando. Ele queren-

do proximidade, ela atenções gerais. Ele querendo distanciamento daquela gente toda, ela cada vez mais dentro da roda. Ele fazendo gracinhas pra ela, ela toda sorrisos pra todos. Ele se exibindo só pra ela, ela desfilando pra despertar a cobiça geral. Sintonias diferentes. Cada um com a sua resolução. Nelson sacou que era impossível mudar aquele jogo. Leila não cedia, só fazia o que na hora queria. Indomável. Perguntou se ela, mais tarde, iria pra outra praia, a do agito. Ela ainda não sabia. Perguntou se passearia pelo cais. Ela não tinha nada decidido. Perguntou a que horas voltaria pra cidade. De noite, lá pelas oito horas. Tinha tempo. Chegando em casa até dez, dez e meia da noite estava bom. Ele perguntou o número do telefone da casa dela. Ela deu. Ele escreveu na areia e repetiu até decorar. Insistiu que fizesse o mesmo com o dele. Ela rindo, decorou. Dizia o número com uma voz tão sensual que Nelson arrepiou. Mal podia esperar pela chamada. Ela prometeu ligar durante a semana se não se vissem mais pela praia. Quem sabe, mais tarde, por acaso... Leila pegou suas coisas e foi passear com sua tribo. Radiante! Nelson pegou sua prancha e foi pro lado oposto. Chateado. Bem chateado.

Nelson chegou de tardinha na praia do agito. De longe viu os amigos no quiosque. Acenou contente. Cléa chamou por ele. Sentou perto, conversaram, bebericaram, sorvetearam. Nada de especial. Ela era simpática, gracinha, mas não se comparava com a incomparável Leila. Era até mais divertida, mas não tinha aquele olhar provocativo, prometente de futuras delícias. Era cheia de idéias, mas não tinha aquele corpo dengoso, molengo, pedindo abraços e carícias. Na certa não era mais virgem e Leila ainda era. Mesmo assim não estava a fim. Com Leila tinha ficado suspenso nas ondas, envolvido em espuma e charme, em permanentes e desafiantes disputas. Sensações únicas, que queria esticar. Mesmo que só nas lembranças. Com Cléa nada de muito aventureiro aconteceria. Não era do tipo que se arriscava, que queria o novo, o desconhecido. Modelito de quem senta praça sempre no mesmo lugar. Gênero manso, dócil, precisando ser empurrada pra alguma coisa acontecer. Ficou no quiosque conversando. Abobrinhas e fuxicos. Cléa escreveu seu telefone num guardanapo de papel. Pediu que ele ligasse se tivesse vontade de papear, de trocar lembranças e idéias. Pra não ficar chato escreveu seu endereço pra ela. Difícil encontrá-lo em casa, mas não custava tentar. Às vezes dava sorte, pintava um tempo entre as mil aulas que assistia.

Alguém perguntou as horas. Quase cinco horas. Nelson ficou nervoso, pediu a conta. Imaginou o escândalo que o irmão faria. Se despediu com abraços, beijocas e gracinhas. Contente mesmo por ter conhecido aquele pessoal. Supergente-fina, altíssimo-astral. Todos por igual, nenhum destaque em particular. Encontro de turma, não de amigo ou paquera. Manteriam contato. Prometido. Saiu correndo porque estava pra lá de atrasado.

Em casa, Ney esperava furioso. Fez um baita discurso sobre pontualidade. Avisou que relatórios sobre o dia seriam feitos na viagem. Não queria ouvir nada naquela hora. Nem descobertas, nem desculpas. Favor tomar uma ducha rápida, aprontar a mochila, comer alguma coisa pra não encher durante o caminho que estava com fome e voar pro carro. Em dez minutos daria a partida. Não precisava arrumar nada, claro. Pra isso tinham caseira.

Nelson voou. Entrou no carro calado, meio envergonhado. Ney acelerou, lembrou, parou. Naquela hora estava começando um racha. Maior barato! Na estrada velha, como despedida do feriadão. Não segurava a vontade de participar. Já tinham se atrasado mesmo... Nelson não se importaria, tinha certeza. Nelson não se importou. Assistiu o racha torcendo pra nada de pior acontecer. De acidentes, por aqueles dias, já estava satisfeito. Cota de emoções completa. Não tinha o menor ânimo pra ver alguém se esborrachar na estrada. Ninguém se machucou. Algumas batidas, amassadas violentas, faróis quebrados. Terminou com um novo campeão. Entraram num bar pra tomar uma cervejinha e coroar o vencedor. Ficaram um tempão aplaudindo e palpitando, programando novos rachas em estradas mais emocionantes.

Nelson começou a ficar impaciente. Por que tamanha pressa em partir se era pra muito mais tempo ficar? Engoliu a raiva mandona do irmão. Engoliu que era menor e dependia da carona dele. Engoliu que quem mandava mesmo e sempre era o Ney. Finalmente entraram no carro. Tchaus gritados por todos, pra todos. Encontros marcados na cidade ou na praia, no próximo final de semana.

Nelson fechou os olhos e lembrou o que pôde do seu feriado. Nada mais terrível nem mais chocante do que retirar o garoto afogado do mar. Abriu os olhos e ficou faiscando com uma vontade maior do que a curiosidade. Aguardaria o telefonema de Leila. Viria com certeza. Se pintasse um desencontro, ligaria pra ela. Fingiu que dormia. Não se amolou mais com Ney. Se embalou sonhando com a sensual Leila deslizando como uma sereia entre as espumas das arrebatadas ondas.

DAVID

David acordou cedíssimo. Não via a hora de encontrar Joana. Tomou uma longa ducha, se perfumou. Se vestiu com cuidado, combinou cores e tons. Caprichou. Se olhou no espelho, gostou. Olhou o relógio. Ainda não eram seis horas. Preparou o café, folheou uma revista, ouviu rádio baixinho, fez hora. Espichou o tempo de todas as maneiras que sabia e podia. Não conseguia prestar atenção em nada. Regou plantas, lavou louça. Impaciente.

Resolveu sair. Pegou a bicicleta do primo, pedalou por ruas e avenidas. No caminho viu uma farmácia aberta. Respirou aliviado. Entrou e comprou duas caixas de camisinhas. Riu do exagero. Se orgulhou de sua experiência. Eufórico, voltou a bicicletar. Pedalou quilômetros, sossegou. Procurou flores pra Joana. Olhou muitos canteiros e jardins, apanhou as mais bonitas, fez um ramalhete colorido, arranjou um barbante, amarrou. Gostou do efeito. Voltou pra casa, deixou a bicicleta, deu um rápido alô e tchau e voou ao encontro de Joana. Agora estava na hora.

Ela se encantou com a chegada dele. Correndo, suado, esbaforido, carregando um ramalhete florido nas mãos. Deu um beijo carinhoso. Se olharam com ternura e desejo. Conversaram. Falaram sobre o afogamento. David deu detalhes sobre o suicídio, sobre a triste vida do triste garoto. Joana se comoveu. Falaram de como passaram a noite, das saudades que sentiram um do outro. Joana se estendeu na areia. David lentamente contornou seu corpo com conchinhas e depois o cobriu com flores e plantinhas. Ficou irresistivelmente bela!

Foram nadar. Por lá, ninguém mais. Quilômetros de água azulada só para os dois. Perfeição! Brincaram nas águas, se molharam, se abraçaram. David pegou os seios de Joana em suas mãos, acariciou. Depois beijou, mordiscou. Se sentiu ousado, confiante. Joana gostando de ser acariciada. Com os olhos fechados pedia mais. David mergulhou no seu corpo com sabor de sal. Se beijaram intensamente. Lábios e línguas se misturando. De levinho, fervorosamente. Ternura e paixão ao mesmo tempo. David pediu pra irem a casa dela. Ela só acenou com a cabeça. Apressadamente saíram do mar, pegaram as toalhas e chapéus e correram pra ficarem muito juntos.

Lá, ele deitou logo na cama. Ela veio por cima. Acariciou, se enlaçaram, cruzaram pernas e pés. Cavalgaram por muito tempo. David quase gritou de tanto prazer. Joana arfou, suspirou, gemeu, mexeu seu corpo inteiro até cair exausta. Felizes! Se ninaram, tomaram água, falaram coisas bobas e carinhosas. Logo recomeçaram. Rolaram pela cama. Movimentos desconhecidos, passos improvisados, procuras de novos entrelaçamentos, afeto e fúria. Satisfeitos, se acarinharam.

Foram pra mesa comer um improvisado almoço. Saladas e sucos. David, ansioso, queria saber quando a veria de novo na cidade. Joana respondeu que nem moravam na mesma cidade. Que não se veriam mais ou pelo menos com encontro marcado. Talvez, um dia, por acaso... Que viveram lindos dias juntos e melhor seria guardar os momentos perfeitos na memória. Ela não esqueceria nunca. Alegraria em momentos tristes, faria companhia nos dias e noites solitárias. David engasgou, arregalou os olhos, não conseguia acreditar no que ouvia. Desandou a falar, a perguntar. Ela afirmando suavemente que era mesmo o fim. David sentiu as lágrimas rolando pelo rosto. Não sabia o que fazer. Pediu o telefone dela, o endereço. Joana, fazendo cafuné no seu cabelo, disse que melhor era não saber. Ele perguntou seu sobrenome. Ela respondeu que só e apenas Joana, Joana da prainha deserta. David sentiu a dor aumentar. Ela falou da diferença de idades, de experiências de vida, de jeitos de querer e saber as coisas do mundo. Profundas diferenças. Muito maiores do que ele imaginava e calculava. Em tudo, pra tudo. Ele prometeu de tudo fazer pra só fazer o que ela quisesse. Sempre. Ela sorriu tristonha. Acompanhou até a porta. Ele estendeu o olhar pra ver a chapa do carro. Não existia nenhum carro. Não podia se conformar que nem uma pista de seu paradeiro teria. Joana tentou dar um beijo de adeus. David, magoado, não deixou. Bateu a porta com força, saiu sem mesmo dar uma olhadinha pra trás. Rearrumou forças, correu.

Na praia andava velozmente. Furioso, magoado. Chorava, xingava, não via como rever Joana. Não saberia mais viver sem Joana. Em três dias, com ela, descobriu o desconhecido, se conheceu. Só queria continuar a ter seu corpo no corpo dela. Nunca mais gostaria de nenhuma outra mulher daquele jeito. Nunca mais se entregaria tão totalmente nos braços de outra. Nunca mais experimentaria o que com ela viveu. Ninguém poderia lhe dar aquelas sensações maravilhosas, aquele arrebatamento sem freios, sem medos de não saber o que fazer ou como continuar. Com ela tudo foi simples, foi bonito, foi inteiro. Foi apaixonante, apaixonante. Se perguntava por que uma dispensada tão definitiva. Que é que tinha a ver a diferença de idades? Não importara quando transaram. Por que pesaria depois? No que foi que errou, onde foi que perdeu Joana, em que momento deixou ela escapar pra poder sumir pra sempre? Por que tanto sofrimento pouco depois de intensa felicidade? David corria e chorava. Soluçava Joana, Joana. Repetiu mil vezes como que buscando consolo numa tristonha canção.

Num canto, encontrou um bando de rapazes tatuados, topetudos, estranhos. Olhar furioso, caras ameaçadoras, braços prontos pra briga. David tremeu. Eles perceberam que ele era uma presa fácil. Desprotegido. Cercaram David. Fizeram uma barreira dizendo que por ali ninguém passava. Território ocupado. David declarou ser praia pública, nada ali era particular. O bando se enfezou. Soltaram gritos de guerra. David encarou. A tensão aumentou. David começou a suar de nervoso. A roda foi se aproximando. David acuado, sem poder sair ou pular por alguma brecha. Tentou várias vezes. Levou tapas e murros a cada nova tentativa. Voltava pro centro, cercado pelo grupeto enfezado. Sentiu a raiva aumentar. Raiva por tudo. Pelo bando briguento e covarde, pelo mau-caratismo dos donos dum pedaço público, pelo fora de Joana.

Entrou na briga com tudo. Com todos. Apanhou pra valer, sem parar, sem folga pra respirar. Ficou com o olho roxo, joelhos esfolados, braços e pernas em ruínas, estômago dolorido. Conseguiu ficar de pé e com dores pelo corpo todo foi se arrastando pela areia. Um lixo, um traste. Machucado por dentro e por fora. Com raiva e com pena. Com raiva dos garotos cafajestes e covardes, capazes de encurralar um contra cinco. Por nada, sem razão nenhuma. Com pena dele. Por Joana ter lhe dado um chega-pra-lá. Por nada, por alguma incompreensível razão. Se sentiu miserável. Se sentiu um zero.

Em casa, a tia se assustou. Queria carregar prum pronto-socorro, queria ouvir a opinião de uma junta médica. Se acalmou e levou pra farmácia. Limparam, fizeram curativos. Saiu enfaixado de gaze e esparadrapos que não seguravam a dor do desamor. Pensativo, foi aprontar suas coisas pra partida. Comeram muito antes de sair. David não conseguia engolir nada. Tudo pesava, tudo machucava.

No fusca, fingiu que dormia pra não ter que falar nada, pra não ter que responder nada, pra não ter que prestar atenção em nada. Só pra lembrar de cada momento com Joana e a semgracice dos momentos que viriam sem ela por perto... Sentiu que a lua começava a minguar. Minguou.

LEILA

Leila acordou cedo. Se olhou demoradamente no espelho. Conferiu sua cor amorenada, colocou um biquíni sensacional verde-clarinho. Destacava suas formas e tornava sua moreneza mais evidente. Por cima jogou um camisão verde-garrafa. Ficou um arraso. Tomou café com a algazarra de sempre. Como sempre, se irritou. Não disse nada, também pouco ajudou a tia a fazer tudo o que tinha pra fazer. Desfrutou como hóspede. Beijou todos e avisou que só voltaria à noitinha, na hora de partir pra casa.

Pegou sua prancha, seus pés-de-pato e tratou de chegar na praia onde as ondas eram mais altas e mais emocionantes. Queria se arriscar, aprender novas manobras, deslizar até cansar, encontrar a nova tribo, rever Bill, o gato loiro da última noite. Fez figa pra dar tudo certo, tomou um ônibus e se mandou pra praia bárbara.

Chegou ouriçada pra surfar. Em minutos entrou no mar. Nadou, enrolou, manobrou, se agachou, submergiu, encarou, ficou com medo, foi com tudo, se assustou, atravessou. Voltou pra areia, exausta e contente.

Um rapaz pediu pra tirar umas fotos suas pruma revista. Posou, fez caras e caretas, abraçou a prancha, pôs os pés-de-pato nos cabelos, zorrou. O rapaz viu que ela estava tirando sarro e mostrou que não tinha nenhum filme na sua máquina. Leila ficou fera. Não gostava de quem curtia com a sua cara. Só ela tinha este direito.

Sentou na areia, proseou. Viu um garoto tatuado, gostou. Perguntou sobre tatuagem, pensou em fazer uma também. No ombro, uma pequenina e delicada. Talvez um caramujo, talvez uma estrela-do-mar. Ficou saboreando a nova idéia. Deitou na morna areia. Um gato loiro se achegou pedindo um isqueiro ou fósforos. Leila riu, disse que não tinha. Ele disparou, voltou com o cigarro aceso e bateram o maior papo sobre as delícias de puramente praiar.

Nelson chegou e se enturmou. Foi com ele, de novo ao mar. Encarou o bodyboard com audácia e coragem. Nunca foi tão destemida. Parecia que Nelson estimulava a sua competitividade, o querer se superar. Do seu lado sempre alguém tinha que se mostrar tão bom quanto ou melhor. Senão, nenhuma chance de participar de seu universo chique e badalado. Expulsão direta do clube dos eleitos.

Quando voltaram à areia, Nelson entrou com tudo na paquera. Ofereceu suquinho, acendeu cigarro, tentava chamar a atenção de todos os jeitos possíveis, convidava pra isto e pra aquilo, cortava papo com os outros, sorria e piscava, desfilava na maior exibição. Parecia o rei-sol. Maior antipatia! Demorou pra sacar que ela não estava a fim. Quando atinou que ela estava em outra onda, insistiu que decorasse o telefone dele. Completamente ridículo. Tanto fez que resolveu decorar pra aquele suplício acabar logo. Ele ficou satisfeito e foi embora com a certeza dum encontro marcado. Não entendeu os muitos nãos. Explodia autoconfiança. Leila esqueceu na hora os muitos números daquele telefone. Não tinha a menor intenção de ligar pra ele. Muito exibido pra seu gosto, muito exclusivista pra seu temperamento.

A turma toda se levantou. Dispostos a ir até uma outra praia, experimentar novas e diferentes ondas. Antes, muitas frutas, sucos e sanduíches naturais. Andaram alguns metros, encontraram um bando mal-encarado, louco pra puxar uma briga sem tamanho. Não deram a menor bola. Atravessaram o corredor polonês sem nem tomar conhecimento. Rindo estavam, rindo continuaram. Os brutamontes ficaram decepcionados. Tentaram os xingos. Ninguém respondeu. Começaram a atirar pedrinhas, gravetos, bolas de areia. Rápidas desviadas e acenos debochados. Desistiram.

Chegaram na falada praia e trataram de se integrar com o local. Curtiram a paisagem, respiraram fundo, olharam o céu e o sol, acompanharam os movimentos do mar. Bill passou aos agarros com uma loirinha desenxabida. Leila ficou furiosa, mas não deu a menor bandeira. Se virou pro lado e paquerou o primeiro panaca que encontrou. Logo se encheu e também Bill desapareceu. Sombreou um pouco o dia. Detestava ser passada pra trás. Odiava ser substituída. Minutos depois estavam deslizando pelo mar em incríveis manobras. Tentaram, se arriscaram, conseguiram, voltaram, recomeçaram. Infatigáveis! Foi maravilhosamente fantástico!! Se tocaram, trocaram idéias, se integraram no depois. A tribo festejou. A claridade gostosa do dia voltou.

A tardinha caiu. Todos tinham que voltar. Caminharam juntos rindo, falando das ondas do mar e das ondas do buchicho. Se enrolaram, droparam no papo. Atravessaram paredes e assuntos. Esticaram, deslizaram nas lembranças. Começaram as despedidas e promessas dum reencontro logo, no próximo final de semana, talvez no feriadão, nas férias com certeza. A tribo se dispersou. No ar, as ondas da amizade. No céu, a primeira estrela dizendo estar pronta pra qualquer pedido. Leila fez o seu, na maior concentração. Rezou pra ser logo atendida.

Leila foi pra casa. Recolheu suas coisas, aprontou sua mochila. Jantou, ouviu recomendações de cuidados com horários e desconhecidos. Agradeceu os dias gostosos. Perguntou se poderia voltar no próximo final de semana. Os tios concordaram. Leila não dava trabalho, não perturbava em nada. Seria sempre bem recebida. Beijou todos na maior contenteza. A primeira estrela da noite era mesmo poderosa. Seu pedido já tinha sido atendido.

Correu pra pegar o ônibus. Entrou, sentou, desmaiou. Não viu nada nem ninguém. Sonhou com férias no Havaí. Deslumbrantes, chiquérrimas. O mesmo espírito da tribo, a mesma proximidade com o mar e areia, só gente linda e bronzeada, elegantes no jeito descontraído de se vestir, sabendo curtir a vida, sabendo encarar um mar mais desafiante e emocionante. Aumentando seus limites, alargando seu horizonte. Saindo do túnel, entrando nos tubos. Vida deslizante, charmosa. Dropou no sonho. Só acordou quando chegou na rodoviária. Até sexta-feira que vem...

CLÉA

Cléa demorou pra sair da cama. Se espreguiçou, esticou a gostosura de poder fazer hora. Tomou café meio tonta de sono. Melissa apressando, querendo logo ir pra onde aconteciam as coisas. Cléa resolveu tomar uma ducha pra realmente acordar. Entrou debaixo do chuveiro por inteiro. Molhou cabelos e pés, esfregou muitas vezes o rosto. Sintonizou com o mundo. Vestiu o biquíni, apanhou suas coisas e saíram.

Na praia, o buchicho começava. Grupinhos aqui e ali tentavam saber o que fazer. Alguns nadavam, outros brincavam com baldes e bolas, crianças enterravam amigos na areia levemente úmida. Risadas, passadas de óleo, desfiles, resmungos. De tudo se ouvia e se via. Agitação explosiva, farra começando a ser curtida. Domingo ensolarado berrando que pretendia ser bem aproveitado.

Melissa viu um grupinho fazendo ginástica. Se aproximou, olhou, escolheu um lugar bem na frente e mostrou tudo que podia fazer com seu corpo maleável. Se esticou, alongou, pulou, fez flexões suadas e levantamentos suaves. Deu um show, atraiu atenções da rapaziada e olhares esbravejantes e invejosos das gordotas senhoras e enferrujadas coroas que ao seu lado se esforçavam. Relaxou, desenroscou, mexeu nos cabelos, deu uma olhada geral. Um paquera fascinado se aproximou. Cochichou alguma coisa e em segundos se afastaram caminhando para o lado do píer.

Cléa acompanhou toda a cena. Viu o começo e o meio, sabia como terminaria. Sorriu. Estendeu sua esteira na branca e ainda úmida areia, passou filtro solar, se preparou pro sol. Perto, uma partida de frescobol. Assistiu meio de lado, depois de frente. Vibrou, aplaudiu, se encheu, paquerou de leve, ficou tudo por isso mesmo. Olhou seu corpo ainda branquelo, resolveu que era a última chance de se amorenar. Por muito tempo se entregou ao sol. Variou os lados, abriu os braços, evitou qualquer marca. Suou e suou. Gotinhas pingando pelo corpo buscante de uma nova coloração e reagindo à quentura fervente. Gostou do isolamento no meio de tanta gente, gostou de ficar quieta rodeada de tanto barulho. Lagarteou.

Achou que chegava, que já estava abusando. Levantou e foi até a beira-mar. Um grupinho jogava bola na água. Olhou comprido, conseguiu entrar na brincadeira. Pulou, defendeu, atacou, fez pontos, levou boladas. Acriançou. O jogo terminou, teve revanche. Depois, cada um pro seu lado. Cléa nadou pra longe, voltou pra perto, pegou ondas, se aguou na beirada. Voltou pro seu pedaço na praia. Encontrou algumas pessoas, riu, conversou, tomou água de coco e por isso ficou. Nada de diferente acontecia. Caras parecidas batendo os papos de sempre. Se impacientou.

Uma vizinha pintou com uma bicicleta. Cléa pediu emprestada pra dar umas voltinhas. A menina topou e avisou que não tinha pressa, ficaria até de tardinha por ali. Cléa pedalou pela beira, pela orla. Ziguezagueou dum lado pro outro. Sentia a velocidade, o bom de escolher em cada momento qual caminho seguiria, a luminosidade do dia voltando. Ensolarou.

Passou perto do Iate Clube. Da murada viu uma multidão de barcos de todos os tipos e tamanhos. Lembrou do Nelson, navegando no mar aberto, suspirou. Entrou num bar chique repleto de mesas e cadeiras brancas, acobertadas por enormes e amarelos guarda-sóis, protegendo do forte sol quase a pino. Entrou, sentou. Olhou a paisagem. Em volta, verde das montanhas e árvores. Na frente, velas e iates. Uma mistura alegre de cores e alturas. A claridade iluminava a festiva vista. Pediu uma Coca, se sentiu adulta, independente. Posou de chique, de rica, de quem sabe das coisas e sempre freqüentou lugares assim. Por muito tempo observou o movimento das pessoas, as idas e vindas, os grupos aumentados e diminuídos, a espera ansiosa pela chegada de alguém, o desapontamento com a saída de alguém. Inventou histórias, se divertiu. Viveu uma inquieta aventura solitária. Se sentiu muito ousada e muito moderna. Era toda um grito de independência!

Saiu do bar, pegou a bicicleta, pedalou sem rumo certo, sem saber por onde seguiria ou onde pararia. Desceu perto dumas pedras pontiagudas que adentravam pelo mar. Resolveu por lá ficar. Subiu, pulou obstáculos, se agarrou em paredes mais espessas, se equilibrou entre fendas. Chegou na última e na mais alta daquelas pedras. Um garoto tocava flauta. Distante de tudo, serenateava pro mar. Cléa se comoveu com a lindezura da cena. Sem fazer nenhum barulho, desceu um pouco pra não atrapalhar o garoto. Sentou e ficou vendo as espumas que batiam compassadamente nas pedras e ouvindo a suave música que saía da flauta. Se enterneceu, se contentou. Foi um momento mágico e especial, como pediu ao seu cavalo-marinho. Completo, perfeito.

Um ventinho começou a soprar. Cléa achou que o tempo passara rápido demais. Voltou pedalando até a sua praia. No quiosque devolveu a bicicleta. Sentou com os amigos e conhecidos, proseou, batucou, cantou, filou umas comidinhas. Contou orgulhosa o passeio chique e surpreendente que fez pra Melissa. Melissa contou do paquera apalermado com quem não dava pra falar três frases seguidas. Débil mental e metidinho. Um inferno. Escolha enganada. Gargalharam como alucinadas.

Se aproximou de Nelson e deu o número do telefone da sua casa pra ele. Ele também escreveu o dele pra ela. Cléa achou que pintou um clima, uma vontade de se rever num outro lugar e esticar o curto encontro. Tipo ver cara a cara, longe da multidão. Ficou contente como se despediu dela. Diferente dos outros. Supercarinhoso, como se ela fosse realmente especial. Se animou, sonhou. Com ele era capaz de perder a virgindade. Tudo nele era agradável, charmoso, gentil. Seduzia sem afetação. Um carinha que valia a pena, com quem se arriscaria, com quem poderia viver um intenso amor. Suspirou fundo.

A tarde caiu. Melissa e Cléa começaram a juntar suas coisas. Hora de ir embora. Beijos e tchaus pros que ficavam ainda mais um tempinho por lá. Promessas de se rever logo, de se telefonar, se falar. No caminho pra casa, se olharam e caíram na maior risada. Absolutamente de acordo. Não partiriam sem tomar o último sorvete com duas bolas de dois sabores fantásticos. Correram pra sorveteria badalada, que já estava cheinha de gente. Caíram de boca nos acaramelados, cremosos e crocantes. Lambuzadas e manchadas, foram pra casa tomar banho e arrumar suas roupas pra partida. Os pais de Melissa dormiriam ainda essa noite na praia. Não tinham que trabalhar na segunda-feira cedo. As duas foram pra rodoviária no maior tititi. Cheias de assuntos pra pôr em dia, de comentários pra fazer, de fofocas pra contar.

Melissa entrou primeiro no ônibus. Se acomodou. Cléa olhou a lua cheia e cheia de encantadas descobertas subiu pra pegar seu lugar no ônibus. Acariciou seu cavalo-marinho.

Bate-papo com

Fanny Abramovich

A seguir, conheça mais sobre a vida, a obra e as idéias da autora de Cruzando caminhos.

Bob Wolfenson

NOME: **Fanny Abramovich**
ONDE NASCEU: São Paulo (SP)
ANIVERSÁRIO: 21/9
ONDE MORA: São Paulo (SP)
QUE LIVROS MARCARAM SUA ADOLESCÊNCIA: todos! Retirados de qualquer biblioteca, estante de amigos, clubinhos, trocando, comprando, xeretando em livrarias.
MOTIVOS PARA ESCREVER UM LIVRO: partilhar um desassossego, dividir procuras e espantos, cutucar, provocar, surpreender, arriscar, pisar no mundo ao lado do jovem leitor...
MOTIVOS PARA LER UM LIVRO: curiosidade, fissuração, ser apanhada pela intriga e pelo surpreendente.
PARA QUEM DARIA SINAL ABERTO: para os que têm humor inteligente.
PARA QUEM FECHARIA O SINAL: para os chatos, os previsíveis, os metidos a saber tudo, os que não duvidam de nada.

Hábito é escovar os dentes. Ler é um vício

Desde os 14 anos, quando começou a **dar aulas** particulares, a vida de Fanny Abramovich esteve ligada à Educação. Ela nasceu e cresceu na cidade de São Paulo, cursou o Normal — depois chamado de Magistério — para a formação de professores, e graduou-se em **Pedagogia** pela Universidade de São Paulo. Nesse período, lecionou para pessoas de origens e faixas etárias diversas. Fanny, contudo, não era uma professora tradicional. Seus métodos de ensino estavam vinculados à sua relação com o **teatro** — ela participou de vários grupos — e com a televisão.

Sua carreira de educadora, cuja preocupação principal era a relação entre **arte e ensino**, foi abrangente: viajou pelo Brasil e para o exterior, fez militância política, fundou escolas, criou cursos e editou livros. Fanny também foi jornalista e especializou-se em crítica de literatura infantil. Como escritora, obteve grande **sucesso**, ultrapassando a marca de 1 milhão de exemplares vendidos!

A seguir, Fanny revela seu **temperamento inquieto** em um papo descontraído sobre educação, arte e literatura.

Seu trabalho com a palavra escrita teve início no jornalismo. Como você começou a escrever?

Para falar a verdade, até a época em que cheguei ao jornal, eu jurava que não sabia escrever. Quando escrevia um ofício, pedia até aos amigos que fizessem uma revisão, embora a maioria das pessoas dissesse que minhas cartas eram deliciosas. Só que, como nunca recebi uma carta minha, eu não podia saber. Mas houve uma época em que fui jurada de um concurso de teatro infantil e fiquei desesperada com a quantidade de besteiras que apareciam. Aí, por brincadeira, resolvi escrever uma crítica de tudo aquilo e mostrar para um amigo jornalista. Daí viajei para dar um curso e, na volta, fiquei sabendo que minha crítica havia sido publicada. Além disso, o editor da seção de variedades de um jornal começou a me pedir que eu escrevesse sobre temas relacionados a crianças.

Ingressar no jornalismo, de uma hora para a outra, foi fácil?

Bem, o editor me pediu alguns temas. Escolhi treze, entre discos, livros e televisão. Ele sugeriu que eu começasse por livros infantis. Fui para casa e escrevi uma matéria, que tinha quarenta e duas páginas. O editor perguntou se eu sabia a diferença entre escrever um livro e um artigo para jornal, insinuando que tinha que ver com o tamanho. Tive de voltar e reduzir para valer o meu artigo. Hoje aprendi e, se me pedem uma matéria com seis páginas, saem seis mesmo.

Existe uma diferença entre jornalismo e literatura. Como foi sua passagem do jornal para o livro?

Nos jornais e nas revistas em que colaborei, eu escrevia sobre coisas que eu sabia, sobre arte e educação, e continuava achando que não sabia escrever. Mesmo quando publiquei meu livro de pedagogia, *Quem educa quem?*, era uma coisa muito específica, ligada à educação, e eu não podia me considerar uma escritora. Aí, um dia, apareceu na minha casa uma editora que estava organizando uma coleção de ficção escrita por jornalistas. Ela me pedia um livro de trinta laudas. Eu disse: "Você ficou louca! Não sei fazer isso, quem sabe um dia, na aposentadoria, eu escreva um livro".

Você, no entanto, acabou aceitando o convite, não foi?

Para não ser desagradável com a pessoa, que era muito entusiasmada, perguntei se ela tinha alguma sugestão de tema. Ela disse que o problema não era esse. Que a coleção tinha muitos autores homens e estava precisando de um ponto de vista feminino. Eu disse que ia pensar e que lhe telefonaria dali a seis meses. Mas, em três semanas, eu já havia acabado a primeira versão de *Espelho, espelho meu*, meu primeiro livro de ficção.

O que é para você ser escritora?

O que eu acho legal é que fui seguindo uma trajetória inconsciente que ligava arte e educação. Fui encontrando caminhos novos na educação e, se por muito tempo eu trabalhei com a criatividade, ensinando os outros a se expressar, acabei abrindo caminho para minha própria expressão. Outro dia, aliás, encontrei um ex-aluno meu em uma livraria e, quando contei a ele que estava escrevendo, ele disse: "Mas que legal, quer dizer que você está fazendo agora aquilo que você ensinava a gente a fazer". Então, ser escritora é uma espécie de síntese de todas as minhas atividades com educação e criatividade.

A tradição do I-Ching

O primo de David, Benjamim, é fascinado por horóscopo, numerologia e I-Ching. O I-Ching é um dos mais antigos livros chineses clássicos e começou a ser escrito antes de 1150 a.C. *Ching* significa "clássico" e I, apesar de ter outras traduções, significa "mutação". Os textos são acompanhados de 64 desenhos compostos por 6 linhas, contínuas e descontínuas. Ele pode ser lido e estudado como um livro de sabedoria ou usado como um oráculo. Isso significa que é possível, por meio de 3 moedas (método japonês) ou de 50 palitos (método chinês), consultá-lo com perguntas pré-formuladas.

Para você, qual é a função da literatura juvenil?

Acho que a literatura juvenil não tem de ensinar nada. Acho que os livros têm de ser profundamente prazerosos, inquietantes para o leitor, levando-o a encontrar no livro um espelho das opções que ele tem. A literatura juvenil não tem de dar respostas, mas mostrar caminhos que sejam possíveis respostas para as dúvidas do jovem.

E de que maneira este livro se enquadra nisso?

Este é um livro que não está querendo ensinar nada. Este livro discute quatro dias de um feriadão, na praia, onde nem tudo é uma maravilha, onde há tédio, decepções, desconforto, onde se procura uma aventura que não acontece. Mas é um livro que mostra percepções diferentes dos mesmos fatos e o que eu procurei foi isso, contar uma história por meio de vários pontos de vista.

Uma última questão: como você acha que deve ser o relacionamento do jovem com a leitura?

Espero que ele leia, curta a leitura, com o mesmo prazer que eu tenho. Leitura não é hábito. Tenho horror à expressão "hábito de leitura". A leitura deve ser um vício. Ler é vício. Eu quero ver gente viciada em leitura, que viaje com a história. Hábito é escovar os dentes, engraxar os sapatos.

Alcoolismo na adolescência

É proibido vender bebidas alcoólicas a menores de 18 anos. Consumir álcool na adolescência, entretanto, é um ritual de passagem, muitas vezes aceito pela própria família.

Os personagens do livro encontram um menino de aproximadamente 15 anos completamente bêbado, gritando e brigando nas ruas da cidade praiana para onde vão. O excesso de consumo de álcool é extremamente perigoso, especialmente nessa faixa de idade. Pesquisas têm mostrado que a porta de entrada para o consumo e a dependência de drogas é a bebida. Além disso, nos jovens, seus efeitos são potencializados, devido ao metabolismo dinâmico que têm. Para os médicos, nem todas as pessoas que abusaram do álcool na adolescência terão problemas, mas o risco é bem alto.

Obras da autora

PELA EDITORA ÁTICA

Pacto de sangue (juvenil, 2000)
Por trás das portas (juvenil, 2004)
Espantoso! (infantil, 2005)

POR OUTRAS EDITORAS

Deixa isso pra lá e vamos brincar (infantil, 1986)
Espelho, espelho meu (juvenil, 1988)
As voltas do meu coração (juvenil, 1989)
Que raio de professora sou eu? (juvenil, 1990)
Manual de segurança infantil (juvenil, 1991)
Tem carta pra mim? (juvenil, 1992)
Pai que é mãe (juvenil, 1993)
Roda mundo (juvenil, 1993)
Sai pra lá, dedo-duro (infantil, 1994)
Também quero para mim (infantil, 1994)
Começar tudo de novo (infantil, 1995)
Olhos vermelhos (infantil, 1995)
Fofos filhos e filhotes (infantil, 1996)
Vamos nessa? (juvenil, 1996)
De surpresa em surpresa (infantil, 1997)
Dias difíceis (juvenil, 1997)
Segredos secretos (infantil, 1997)
Baita irritação (infantil, 1998)
Caras encaradas (infantil, 1998)
Eu quero ser desenhista, pintor, escultor (infantil, 1998)
Eu quero ser médico (infantil, 1998)

Eu quero ser veterinário (infantil, 1998)
Apostado (infantil, 1999)
Pra minha coleção! (juvenil, 1999)
Bateu bobeira e outros babados (juvenil, 2000)
Detonando o som (juvenil, 2000)
Quatro histórias coloridas (infantil, 2000)
Álbum de figurinhas (infantil, 2001)
O boto (infantil, 2002)
Três desejos tão desejados (infantil, 2002)
Falta pouco (juvenil, 2003)
Pisando no mundo (infantil, 2003)
Teimas e birras (juvenil, 2004)
Quem manda em mim sou eu (juvenil, 2006)
Ziguezagues (juvenil, 2006)

sinal aberto

Veja outros títulos da série, organizados por eixo temático:

fantasia

comportamento

social

Aleijado
Aventuras de um garotão em luta contra escadas, buracos e outras desconsiderações do mundo
Luiz Antonio Aguiar
Agüenta Firme
As desventuras cômicas dos imigrantes na formação de São Paulo
Ivan Jaf
Alucinado som de tuba
Frei Betto
Carapintada
Uma viagem pela resistência estudantil
Renato Tapajós
sinal aberto
FORA COLLOR JÁ

De mãos atadas
Álvaro Cardoso Gomes
Destino em aberto
Marisa Lajolo
O imperador da Ursa Maior
Carlos Eduardo Novaes
Vida de droga
Walcyr Carrasco
sinal aberto